小学館文庫

偏差値70の野球部

レベル１　難関合格編

松尾清貴

小学館

目次

preface

「はぁい。こちらはぁピッチャーのぉ新真之介《あらたしんのすけ》君でぇす」

カメラに映り込まない場所から、カンペに顔を向けたインタビュアーが間延びした口調で質問してくる。

「明日から大会が始まるんですけどぉ、何か言いたいことはありますかぁ？」

カンペには「自信のほどをお聞かせください」としっかり書かれていたから、最後のひと言はアドリブだろう。カットの声は掛からなかった。むしろカメラマン兼ディレクターが右手をせかせか動かして、インタビュアーがこちらに向ける返答用カンペの文章をそのまま読むように要求している。

だから、それをそのまま棒読みした。突撃取材への戸惑いを押し隠しながら、さりげなく咳払《せきばら》いをひとつ落として、

「えー。みなさんはご存知でしょうか。相模《さがみ》湾を一望できる高台にある高校のことを。全国的に有名な学校だから、あなたも一度くらいは聞いたことがあるかもしれません。ヒントは、野球で有名な学校です。今年からそうなる予定だから、受験生はよく覚えておいたほうがいいでしょう。俺《おれ》は新真之介。この名前を忘れるなよ」

かなり緊張して、事前に指示されていた不敵な笑みを上手く拵《こしら》えることができなかった。

「自信たっぷりの真之介君でしたぁ」

インタビュアーがそう締めて、カメラの奥からカットの声が掛かった。

——俺は、フゥ、と溜息《ためいき》を吐《つ》いた。

デジタルビデオカメラを下ろした撮影係兼演出担当のヒカルさんが、「ま。今回はこんなもんだね」と、満足げな様子で言った。インタビュアーのユキちゃんが「あたしも一緒に映りたいよぉ」と不満げにアヒル口を尖《とが》らせると、「ダメ。ユキちゃんは主役じゃないんだから」とヒカルさんが窘《たしな》める。

ライトグレー基調の夏服ブレザーを着た先輩ふたりは、俺に背を向けてしゃがみ込

み、その場で映像を再生し始めていた。ふたりとも同じ高校の二年生だ。

小柄なヒカルさんは長いストレートの黒髪で、黒縁のメガネを掛けている。ユキちゃんはウェーブの掛かった短い茶髪の丸顔、日向ぼっこしている猫みたいに緊張感がない。彼女たちは、映画研究同好会のメンバーだった。

「もういいですか？　片付け手伝わないと」

俺はグラウンドにトンボを掛けている同学年の一年生部員を振り返った。東の空にはうっすらとした月が昇っている。

「いいよ。お疲れさん」映像を確認しているヒカルさんが振り返ることなく涼しい声で言い、一緒に覗《のぞ》き込んでいるユキちゃんが、「うわぁ、これはもぉかなり恥ずかしい感じだねぇ」と、嬉《うれ》しそうに笑っていた。

その恥ずかしいカンペを書いたのはあんただろ。ふたりの後ろ姿を眺めながら、俺はずっと疑問に思っていたことを口にした。

「いままでも結構こういうの撮りましたよね」

五月に映研が新しいデジカメを購入して以来、似たようなヤラセインタビューに付き合ってきた。最初は新製品の性能を試しているんだろうと思い込んでいたのだが、購入から何ヶ月も過ぎたいま、性能くらい十分に把握しているはずだ。

ヒカルさんが「ん？」と顔を上げたから、「それ、どうするんですか？」とカメラを指差して尋ねると、「もちろん全世界に向けて公開してるよ」と、なんでもないことのように真顔で返答された。

黄昏《たそがれ》の風が涼しく吹き抜ける。トンボを掛ける練習用ユニフォームの部員たちが、背後からの土埃《つちぼこり》に襲われて作業を中断していた。

「真面目に訊《き》いてるんですけど。それも映画に使う気ですか？」

俺はあまり愉快でない顔で、むしろ迷惑そうに言ったけど、そう尋ねながらも、野球部映画を制作しているらしい彼女たちの作品発表の場がどこにあるのか、いっさい知らなかった。そもそも本当に映画を作っているのかどうかさえ、最近は疑っている。

ユキちゃんは当たり前のように言った。「インタビューはぜぇんぶ、YouTubeにアップ済みなんだよぉ」

一瞬、彼女がなにを言っているのか分からなかった。

「なに勝手なことしてんですか！」

すでに逃亡姿勢に入っていたふたりは、デジカメを大事に抱えて距離を取り、「甲子園でスターになったらぁ、君は日本一恥ずかしい野球少年になるよぉ」かなり意地悪く言い残して、次のターゲットを捜しにグラウンドを走り去った。

偏差値70の野球部

レベル1

難関合格編

section ①
ピーク

始まりは、桜の季節だった。

満開に咲き誇る河川敷の桜の花が川向こうからの微風《そよかぜ》に揺られ、未練のかけらも感じさせない仕種《しぐさ》で、ふらりゆらりと優雅に舞いつつ、堤の向こうへ吸い込まれて流れてゆく。そんな四月の思い出だ。

出会いは、リトルリーグだった。野球好きの父と幼なじみの上級生の影響で、小学二年生にしてグラウンドに入り浸っていた俺がチームに正式加入したのは、小四に進級したばかりの時期で、隣町の小学校から入部してきたちょっと小太りの如何《いか》にも鈍そうな奴だなぁと思わせるそいつがグラウンドの隅でもじもじして、上級生にからかわれているのを目撃したのも、同じ小四の春だった。

俺はチームに入ったことで調子に乗って、ランニングの距離を伸ばした所為《せい》で練習時間に遅れていた。すでに汗だくになっている練習用ユニフォーム姿で自転車をカッ飛ばし、河川敷グラウンドに駆けつけた。同い年の新メンバーが入ると、監督や監督の友人である親父《おやじ》から聞いてワクワクしていたのだと思う。

それなのに、グラウンドへ続く階段を二段飛ばしで駆け下りながら見付けたのは、上級生に弄《いじ》られている暗そうな小デブちゃん。がっかりしながら監督に挨拶しにいくと、「シン！　お前はこいつとキャッチボールだ」と命じられ、ネット裏にポツンと取り残されたそいつと、むりやり組ませられた。「同い年のチビちゃん同士、仲良くやれよ」監督が俺のケツを力一杯グラブで叩《たた》いた。その途端、「よっしゃあ！」という笑い混じりの叫び声が聞こえて、「ああ?」と眉を顰《ひそ》めて振り返ると、ケロリンが自分のグラブで口を塞いで背を丸め、目を合わさないようにそっぽを向いた。

前日までのキャッチボール相手がそのケロリンで、五年生のケロリンはレギュラーのくせに、たかがキャッチボールで「手が痛いから軽く投げろよ」と、すぐに泣き言を言う情けない奴だった。俺はいつでも手加減しないから、ケロリンと他のレギュラーは一緒になって、「シンは空気が読めない」と、陰口を叩いていた。それを耳に入れてからは益々《ますます》手加減することはなくなったけど、なんだよ、俺ってもしかして嫌われてるのかな、と憂鬱な気持ちにもなった。

なんだかムカムカしてきて睨《にら》みつけると、もうケロリンは同じ五年生の選手と組んでキャッチボールを始めていたから、俺もそっちには目もくれてやらず、鈍そうな新入りを手招きした。

「来いよ」

ま、軽く揉《も》んでやるか。と偉ぶりながら肩をぐるぐると回し、肘を摑《つか》んで逆の肩に引き寄せた。柔軟体操をしているうちにスタスタ近付くそいつを見て、「あれ？」と思った。左手に嵌《は》めたグラブが、キャッチャーミットだったからだ。それも、かなり汚れている。

「きったないミットだな。お前、キャッチャー？」ストレッチを続けながら先輩面して居丈高に尋ねる俺に、もじもじしているそいつはコクンと頷《うなず》いた。

「デブだから？」と訊《き》くと、もじもじしたまま首を横に振った。

「ふ～ん」どうでもいいやという気分になって、地面に置いていたグラブを拾った。

監督はバットを杖《つえ》代わりにして中腰姿勢に構え、上級生たちに向かって檄《げき》を飛ばしていた。俺はグラブから取り出したボールを三本指でしっかり握り、小デブちゃんの面前に突きつけた。

「これ、使ったことある？」リトルリーグで使用するボールは、硬球だ。

相変わらずもじもじした態度で、首が横に振られた。

「当たったら痛いぜ」ニヤニヤと意地悪な笑みを浮かべて脅してやった。「ちゃんと取らなかったらつき指するからな。ホラ、早く離れろよ」

始めのうちは力を抜いてボールを投げた。まずは肩ならし。それでもときどき、バシュとミットがいい音を立てて、俺の球やっぱすげえと自画自賛してテンションが上がった。そいつの返球はと言うと、フォームはぎこちなく、俺の頭上へ何度もボールが逸《そ》れて、「へたくそ！　俺のほう見てちゃんと投げろよ！」と、後ろに転がったボールを取りに走りながら、その度に怒鳴った。なんで俺がこんなへたくその相手なんだよ。

あんまり何度も球拾いに走らされるからだんだんイライラが募って、拾った場所から大きく振りかぶって遠投してやった。相手の胸元にライナーで飛んでゆくボールはミットに収まり、またバシュッという音がした。レーザービーム。

「こうやんだよ！　ちゃんと相手見て投げたら、暴投したりしねえんだよ！　分かったか」

駆け足で定位置に戻りながら、俺はぎゃんぎゃん喚《わめ》き声を立てた。相手はこくんと頷いてボールを握り、二度三度フォームをやり直した。俺の顔色をチラチラ窺《うかが》うように見て、ちっとも投げようとしない。

「早く投げろよ！」俺は足を踏み鳴らしてがなり声を上げた。もじもじしやがって、本当にイラつく奴だ。「投げてみないと分かんないだろ！」

そいつはまたこくんと頷いた。今度は山なりの緩いボールが頭の少し上に飛んできた。大袈裟《おおげさ》に飛び跳ねてキャッチした。

監督がこちらを見ていたから、「へたくそ！」と、その監督の耳にまで届くようにわざと大声で怒鳴った。

こんな奴と組まされたら練習にならない。監督にアピールするために、本気のボールを投げた。ボールを怖がって、二度と俺とキャッチボールなんかしたくないと思えばいいんだ。

ボールが指を離れた瞬間、耳の側《そば》でビシッと風を切る音が聞こえた。あ、いい球だ、と自分で分かった。これはケロリンがべそを掻《か》くときの球だ。唸《うな》るボールは真《ま》っ直《す》ぐにミットに突き刺さってゆく。

——バシュッ！

いままで聞いたことのないいい音がしたけど、俺はそいつが取り損なわなかったことに少しびっくりした。

そのとき、強い南風が川のほうから吹いて、桜の花びらがブワァッと風呂敷《ふろしき》を広げるように吹き飛んだ。「あ」まるで自分の球が河川敷の桜を一斉に散らしたように感じた。

気が付くと、みんな俺のボールが立てた音に驚いて振り返り、監督までボーッとして、俺とそいつのキャッチボールを眺めていた。

それからは力を抑えず投球した。

そいつはケロリンと違って、一度も手が痛いなんていう根性なしの泣き言を言うことはなかったし、ぽろぽろ取り落とすこともなかった。ミットにボールがバシュッと収まるその音が河川敷全体に響き渡って、いままでのイライラが全部吹き飛んだ。このゾクゾクする感じは久しぶりだった。

監督が号令をかけた。間を詰めながら半身の姿勢で早い返球を繰り返して、キャッチボールは終わる。手にしたボールをそいつのミットに押し込んだとき、俺は褒めてやるつもりでいた。なんだよお前上手《うま》いじゃん。投げ方どんくさいけど、捕るの上手いじゃん。

でも、口を開くと全然違うことを言っていた。

「俺、ピッチャーだからさ、お前がそのカマっぽい態度やめたら、バッテリー組んでやってもいいぜ」

両手を腰に当てて、胸を反らして、ニッと唇を歪《ゆが》めた。実を言うと、俺はずっと自分専用のキャッチャーが欲しかったのだ。まだチームに入れてもらえなかった頃から、小二のガキの目にだって、他のメンバーと離れてピッチング練習をしていたバッテリーがチームのなかで特別な、別の世界にいるふたりのように映っていた。グラウンド端の即席ブルペン脇にいつまでも張り付き、飽きずにじぃっと見ていたあのバッテリーは、やがて甲子園に出場したのだ。

そいつは、こくんと頷いた。今度はもじもじしなかった。少しだけ嬉《うれ》しそうな笑顔を見せた。こいつ友達少ないんだろうな、と思うと、俺は人助けをしている気になり、少し気持ちよかった。

「よし、決まりな。お前、もう俺のキャッチャーだからな。絶対、裏切んなよ。俺は、新真之介《あらたしんのすけ》。お前とはもうバッテリーだから、シンでいいぜ」

「俊平《しゅんぺい》」と、そいつは初めて口を利いた。「沢登《さわのぼり》俊平」

「じゃあ、お前は今日から沢登な」

相手はちょっとムッとするような、釈然としないような、はっきりしない態度で顔を顰《しか》めたが、もうもじもじしてはいなかった。約束を守る男だった。こうして、俺のキャッチボールの相手は、その日から沢登になった。

それが俺と沢登の伝説の始まりだと、いつか語ろうと決めていた。

section①の2
バッテリー

もしも沢登が同じ中学に進学するのでなかったら、きっと俺は中学の野球部には入っていなかった。沢登は俺以外のピッチャーとバッテリーを組まない約束をしたのだから、別々の中学に進んでいたら、ふたりともシニアリーグで硬式野球を続けていただろう。リトルの監督はシニアに進めとかなりしつこく勧誘したけど、（シニアで野球をするには新家の財政上の問題があり、俺は母ちゃんの顔を立てることにしたのだ）沢登と一緒に中学で全国優勝するため、学校の軟式野球部に入ることにした。

小学校の卒業文集には、俺の未来予想図がかなり詳細に書いてある。

『……中学でもエースになって沢登とバッテリーを組んで全国優勝して、高校は海鵬《かいおう》学園で沢登とバッテリーを組んで甲子園を春夏合わせて五連覇して、俺がドラフト一位指名を受けて沢登は二位指名を受けて、プロでもバッテリーを組んでデビューから連続五年くらい防御率一位と勝利投手一位をとって日本一になって、ポスティング制度でメジャーから指名を受けて、俺が五十億でオファーが来て、沢登も十億くらいのオファーが来て、大活躍します』

小学四年から六年まで、ずっとバッテリーを組んできた俺・新真之介と沢登俊平は、そこそこ強いと評判だった市立中学野球部でも、入学直後から超有名人扱いだった。なにしろ俺たちの代でチームはリトルリーグ全国大会ベスト4まで進んだのだし、その功労者は俺（と沢登）だったからだ。俺は中学一年の夏の大会から、沢登は一年秋の新人戦から不動のレギュラーを獲得した。

一蓮托生《いちれんたくしょう》という言葉を知らない沢登は礼儀正しい一年として振る舞っていたけど、「中学って全然大したことねえよな」と、ところ構わず口にする正直者の俺は、ときどき三年にシメられて泣かされた。

いつも俺のことを生意気な一年と目の敵にしていた三年のへたくそ共が卒業してから、うちの野球部は強くなった。新キャプテンにはケロリンが選ばれて、それにはさすがに笑ったけど、いつからか試合前に円陣を組むとき、ケロリンが俺に合図を送るようになった。俺は気合いを注入するため土手っ腹に力を入れて、「二中は俺がいるから勝ぁつ！」と、怒鳴り声を上げてやった。そのひと言で「おぉ！」とみんなの雄《お》叫《たけ》びが上がる。チームの信頼を一身に浴びて、これで気が漲《みなぎ》らなければ男じゃない。

だから、俺たちは本当に負けなかった（ときどきしか）。

ケロリン体制になって始めての公式戦だった秋の新人戦は、引退したへたくそＯＢ共がとやかく理由を付けて遊びに来たのが悪かった。神奈川県大会決勝で負けて全国に行けなかったのは、奴らの所為だ。でも、たかが県大会準優勝という情けない結果に、学校中は大はしゃぎだった。安い奴らだなぁ、と内心忸怩《じくじ》たる思いがした。本当ならあんなところで負けるはずがなかった。ＯＢがチームを弄りにこなければ。

それを証明したのが、二年の春季大会だ。俺たちは念願の全国出場を達成し、しかも全国大会準優勝の成績を収めた。春休み中の出来事だったから、リアルタイムでこのニュースを知った連中はクラスメイトにも少なかったが、これは、野球部創設以来の快挙だとあちこちで言われた。

二年進級後の一学期が始まってすぐ、わざわざ平日の五時間目を潰して全校集会が開かれて、野球部は学校から表彰された。コチコチに緊張したケロリンが校長から表彰状を渡されて、「それを丸めて捨てろ」と、同じ演台の上で期待していた俺たちは、クソ真面目なキャプテンが恭しくお辞儀する姿を見て、がっかりした。来年俺がキャプテンになったら、表彰状で紙飛行機を作って、演台の下で退屈している生徒たちを沸き立たせてやろうと、このとき誓った。

しばらく、校内は大騒ぎだった。野球部は大人気で、俺を知らない生徒はいなかった。学校の外でさえ、騒ぎは続いた。親父ははしゃぎ過ぎてぎっくり腰になるし、母ちゃんは卒業作文の内容を近所で言い触らしていたし、俺は知らないおっさんからよく馴《な》れ馴《な》れしく声を掛けられた。甲子園甲子園と、それが覚えたての言葉のように、おっさんもおばさんも爺《じい》さんも婆《ばあ》さんも同じことを口にした。いつもは斜に構えている生意気な兄貴が、「お祝い」だと言って、それまで触らせてもくれなかったフィギュアをくれた。全国で優勝したら今度はどれでも好きなのをやるからな、と本当に断腸したような顔で兄貴は言った。

前々からそこそこ強いと言われていた野球部が、一気に強豪校の仲間入りを果たしたのは、まぁ一般的に見て喜ばしいことだった。だから、俺も結果にはひとまず満足した。それなのに、大フィーバーの校内で、鬱陶しく落ち込んでいる奴がひとりだけいた。

沢登だ。

小学校の終わり頃からどんどん背が伸びたこいつは、生意気にも俺より頭ひとつデカくなっていたが、決勝で負けたのは僕が打てなかったからだ。と、かなり長い間、気に病んでいた。学校あげての大騒ぎの最中にひとりだけ鬱屈した表情の沢登は、もう初対面の頃の小デブちゃんのイメージはなくなっていたのに、煮え切らないガキに逆戻りしたようだった。

確かに沢登が言うように、全国大会決勝で打たれたヒットは僅《わず》かに一本だ。コントロールに自信のある俺の失投が、明らかに当たっていなかった八番打者からまぐれのホームランを打たれて失った一点だった。閉会式で「今年の決勝戦は稀《まれ》に見る投手戦で」となんとか委員長が言っていたけど、こっちはヒット二本、相手はその一本きりで、投手戦なんて言葉で濁してもお粗末な、はっきり言ってジリ貧の、最低の試合だった。「今大会屈指の好ゲームでした」とほざいたなんとか委員長は、きっと野球を知らないのだろう。

とにかく、俺は負けた試合のことなんかきれいさっぱり忘れることにしていた。負けは負けだ。俺たちはときどき負けるのだから、仕方がない。

「終わったことはしょうがねえだろ。負けたのは、俺がすっぽ抜けのスライダーをホームランされたからだって。もういいだろ。元気出せよ」

あの一球は、痛恨のミスだった。あんまり思い出したくもなかった。つい調子に乗って覚えたてのスライダーを使ってみたくて、それが棒球になったのだから、恥さらしもいいとこだ。沢登にウジウジされていると、恥ずかしさが蘇《よみがえ》ってイライラしてきた。

「シンの所為じゃないよ。あそこでシンが要求したスライダーに納得した僕の所為だから。……そうなんだよ、あそこでスライダーはなかったんだよ。だって、シンはスライダーなんて投げられないんだから」

ちょっと、マジでイライラするんですけど！

それでも、夏の地区予選を控えた頃になると、ようやく気持ちを切り替えたのか、沢登もいつもの生真面目さとマイペースぶりを取り戻し始めた。やれやれ、だ。あんな低いテンションで試合に出るようなことになったらどうするつもりだ、と少しは心配していたのだ。

ところが！

それは、六月終わりの昼休みのことだ。クラスメイトとカード麻雀《マージャン》をしていると、生駒《いこま》と会ってるんだって。「新は知ってる？　ここんとこ沢登、昼休みにいなくなるじゃん。あれって、生駒と会ってるんだって。久石《ひさいし》がふたり一緒にいるとこ見たんだってよ」三面待ちの複雑さでパンクしかけている頭に、余計な情報をぶち込んできた。すかさず勝負に待ったをかけて、近くにいた女子に探りを入れてみると、「その辺かなり怪しいと思ってた。ウケる」と言って、ケタケタ笑った。

生駒樹里《じゅり》はクラス男子の間で密《ひそ》かに人気のある女子だった。それがいつの間にか沢登と付き合っていたというのは、率直に言って、驚愕《きょうがく》の事実だった。いや、いっそ裏切り行為だ。出席番号は俺のほうが近くて、生駒とよく話をしていたのは俺のほうなのに、沢登は小四時代からは考えられないくらい、動きが素早くなっていた。

「お前、なんか俺に隠してるだろ」俺は部活終わりに沢登を摑まえた。

するとこのバカは、「いやぁ、野球やっててよかったよ」と、こっちのムカつきを知らんぷりして、隠し立てもなにもあったものじゃない。いけしゃあしゃあとのろけ始めた。「生駒って七月生まれだから樹里って言うんだって。フランス語で七月のこと、ジュリって言うって、シン、知ってた」

訊いてねえよ、そんなことは。

なんだか無性に腹が立ってきて、生駒樹里にも直接訊いてやった。出席番号順に並ぶと、生駒は俺の隣に来るから、七月頭の避難訓練のときに、少し後ろに並んでいる沢登が聞いていないことを確かめてから、声を掛けた。

「お前、沢登と付き合ってんの？　沢登なんてウジウジしてて気持ち悪い奴じゃん。あんな奴となんで付き合ったりするんだよ？」口にしてみると、自分がすごく変なことを訊いているような気がして、赤面した。「おい。言っとくけど、これ、嫉妬とかじゃないからな。全然」

生駒はえー、と含みのある笑顔を見せて、照れ臭そうに周囲をチラチラ見てから少し身を寄せると、真顔で早口に、囁《ささや》くような小声で言った。「沢登君、春の大会終わってからずっとひとりで悩んでたじゃない？　準優勝ってすごいのに、可笑《おか》しいよね。新君にもそう言われたけど、やっぱり気にするよ、とか言ってるのがほっとけなくって。なんか、あんまりウジウジしたイメージないって思ってたけど、ホントは真面目なんだよね」

生駒のその話を聞いてから、春の沢登の妙に卑屈な態度は全部演技だったのではないか、と俺はずっと疑っている。

「キスとかしたのかよ。沢登、かなりムッツリだぞ」

「うん。知ってる」

いよいよ赤面した俺は、前にいた秋山《あきやま》の頭を思い切り平手打ちした。


衝撃の一週間で重度の精神的ショックを受けた俺は、夏季大会は活躍できそうにない予感をひしひしと感じていた。だが、才能というのは恐ろしい。地区予選一回戦と二回戦は四回コールドだが、ノーヒットピッチング。「調子いいね、シン」と、沢登が俺の腹をミットで叩いて笑った。ムカつく奴だった。

勢いというのは恐ろしい。チームは地区大会を危なげなく勝ち進んだ。試合前の緊張なんてプレイボールが掛かると吹き飛ぶくらい調子がよく、特に、完全復活を遂げた沢登のテンションが凄《すさ》まじかった。地区大会四試合でホームラン五本、打率七割は、神懸かっていた。そして、俺は気付いたのだ。

七月は樹里の月じゃないか。

沢登は生駒に向かって、「今日の勝利を誕生日プレゼントにする」などと言い兼ねない男だ。自分の想像に鳥肌を立てた俺はマウンド上でひとり凍えた。

何の因果か、県大会一回戦が生駒樹里の誕生日だった。相手は、秋の新人戦県大会決勝で負けた城南中《じょうなん》。俺たちが県内で負けた相手は、その一校だけだった。厭《いや》な過去は即座に抹消することにしている俺は、もちろんリサーチなどしないから印象に残る選手のひとりも覚えてなかったけど、去年の新人戦で負けた相手だと、ケロリンが言った。しかし、春の大会では完膚なきまでに制裁を下していた。これまたよく覚えていないけど、ケロリンがそう言っているから、たぶんそうなのだ。

うちの野球部はキャプテンに威厳がないからかどうか、仲のよいチームだったと思う。少なくとも、俺には居心地のいいチームだった。みんな練習熱心だったし、リトル時代のケロリンのように手が痛いから加減しろ、なんて言い出す馬鹿はいなかった。少し勘違いしている部員はいたけど、レギュラー陣はそこそこ上手い面子《メンツ》だったから、何の不満もなかった。

……だから、敵がチーム内にいるなんて、思いもしなかった。

沢登はこの試合に勝って生駒とセックスする口実が欲しいのかな、などと思いながら県大会一回戦のマウンドに立った俺は、いきなり一番打者に長打を浴びた。あれれ。送りバントで三塁へ進塁。いかんいかん。本気モードを取り戻そうと、自分に言い聞かせた。シンは結構マウンドでブツブツ呟《つぶや》くタイプだと、沢登はよく言った。そんなことはないと、俺はいつも言い返していた。

「俺は沢登のセックスを妨害するためならこの試合に負けてもいいなんて思ってない」

このときもきっと俺のブツブツを気にした沢登が、マウンドに駆け寄ろうとした。慌ててグラブを振って追い払ったから、バレたかもしれない。誤魔化《ごまか》すように声を荒らげた。

「さっさとマスク被《かぶ》れよ、バカ。お前がいちゃついてるとこなんて想像したくないんだよ、俺は！」

打席に入った三番打者が吹き出した。主審が啞然《あぜん》とした顔をした。「真面目にやれ！」と、緊張感のない声がライトの辺りから響いた。あれはケロリンだ。

ひとつ気持ちを落ち着けて、クソォと呻《うめ》いた。

「沢登のくせに、あんま調子に乗んなよ！」

返事はなかった。バッターが沢登に何か話しかけて、主審はバッターを注意した。

それにしても、いい天気だった。夏の陽射《ひざ》しが梅雨の中休みに降り注いでいる。地区大会では疎《まば》らだった観客席にも、学校からの応援が駆けつけていた。

中学の夏服が密集して白く染まったスタンドの一画を、チラリと横目で見た。俺は生駒の乳は揉まないが、完全勝利を手にして誰かの乳を揉む！　そう自分を奮い立たせて、沢登のサインに目を凝らした。

アウトサイド、ボール。インサイド、ボール。コントロールが定まらない。俺はこんなにメンタルの弱い男だったか？　集中力が高まらないのが、自分ではっきり分かった。イライラして、マウンドの土を意味もなく掘り返す。

ボールカウントノースリーになって、沢登がタイムを取った。今度はもう追い払わなかった。

「どうしたんだよ、シン」沢登は本当に不安そうな顔つきで俺を見つめる。「試合に集中しろって。なんかおかしいよ」きっと長年の付き合いで、奴は俺の深層心理を読み取ることができるのだろう。

「おかしくねえよ。立ち上がりが悪いだけだろ。古いパソコンみたいなもんだからいちいち気にすんな」

「その言い方がおかしいよ。シン、パソコンなんて持ってないじゃん」

「うるさい。俺は全国で優勝してバカ兄貴が大事にしてるフィギュアをせしめんだから、こんなとこで負けたりしねえんだよ」

「その話、前にも聞いたけど」沢登は時間を気にするように主審を見て、真面目な顔で続けた。「ごめん、僕、詳しくなくて。そんなに欲しいの？」

「マジに取んなよ！」

「とにかく、あんまり気負いすぎないほうがいいよ。そのフィギュアが欲しかったら、そのうち自分で買えるようになるから」

だから、欲しくないっつってんだろ！

俺は面倒になって、沢登をイラ立たしげに追い払った。「俺は五十億でメジャーに行く男だから、ここで負けてもフィギュアなんか自分で買える」

沢登は困ったような顔つきだった。「まだ一回なんだから、気楽に行こうよ」

あんなに眉を顰めたのは、俺から負けるなんて弱気な台詞《せりふ》を聞いたことが一度もなかったからだろう。案外、プレッシャーに弱い男だったのかもしれない、俺は。マウンドにわさわさと集まってこられるのが好きじゃないことを知っているナインは、遠巻きに見ているだけだった。

ここは俺が切り抜ける場面なのだ。ピンチを連続三振で切り抜けて、ファンを増やすチャンスだった。それなのに。

「――沢登！」

定位置へ戻ってゆくキャッチャーを、つい引き止めていた。魔が差したとしか思えない。でなければ、俺がこんなことを口にする理由がない。

乱暴にグラブで手招きして呼び寄せると、囁き声で尋ねた。

「お前、今日の勝利を誕生日プレゼントにするとか、生駒に約束しただろ」

俺と沢登はマウンドにいるとき、互いに自分のグラブで口元を隠して会話をする。リトルのときにふたりで相談してそうすることに決めたからだ。

沢登はしばらく返事をしなかったが、やがて何かを決断したようなきっぱりとした声で、「約束したよ」と、頷いた。

……やっぱり！　こいつはそういう男だ。

三番打者はノーストライクのまま歩かせてしまった。

敵の正体がはっきりしたのは、豪徳寺《ごうとくじ》という仰々しい名前の三年が打席に入ってすぐだった。ワンアウト一塁三塁。地区予選では得点圏にランナーを進めることすらなかったから、ベンチからの指示なんて一度もなかった。だが、この場面で監督が動いた。

慌ただしく控えが伝令に飛び出して、マウンドに来るのかと思ったら、真っ直ぐ沢登に向かった。ふたりは十秒ほど立ち話をして、控えの三年はまた駆け足で、逃げるようにベンチに去った。残された沢登が、口をへの字に曲げてベンチを見て、それから俺に目を向けた。

とっさにピンときた。

仕切り直した沢登のサインは、見覚えのないものだった。俺は何度も首を横に振った。それでも、何度でも同じサインが出た。俺は前屈《まえかが》みの上体を起こして、また穴掘りを始めた。

落ち着けるか！

気が付くと、グラブをマウンドに叩き付けていた。

一回表から敬遠のサインが出た。敬遠なんて一度もしたことがないのに。

慌てた沢登が駆け寄ってきたが、放っておいた。こんな指示を出したのがベンチだというのは分かっている。だが、それを受け入れた沢登が許せなかった。この俺に向かって屈辱のサインを出したのは、他の誰でもない。沢登だ。

「シン、監督の指示なんだから。こんなことでいちいち癇癪《かんしゃく》起こすなよ。さっきから主審が苛立《いらだ》ってるんだから」沢登は拾ったグラブを俺に手渡している。「審判を敵に回したら損するだけだって、君のお父さんもよく言ってただろ」

沢登の声にイライラして、精神集中できなかった。こいつはわざわざこんなことを言いにマウンドまできたのか。勝負しても絶対に負けないとどうして言わないんだ、この馬鹿は。

「いいから、ここは従ってよ。プロならこんなの当たり前じゃないか。誰も逃げたなんて言わない。ワンアウト一塁三塁で、塁を埋めるだけなんだから。別に相手が四番だから、敬遠するわけじゃないんだって」

ムカついて殴り倒したかったのに、それでも俺はグラブを口元に当てていた。マウンドで沢登と話すときは、そうしないと気分が落ち着かなかった。「どうせ、お前は知らねえんだよ」考えもしないで俺は話していた。マウンドを掘りながら、不貞腐《ふてくさ》れたように土を見ながら、思い付いたことをそのまま喋《しゃべ》っていた。

「すっげえ桜の花、知らねえんだよ。あんとき、あんなにブワァッって散ったのに。相模《さがみ》川の河川敷で。キャッチボールのとき。俺、こいつはいままで会ったことない奴だと思ったのに。マジ、思ったのに。映画のワンシーンみたいに、バシュッて音がして、ブワァッて散ったのに」

「覚えてるよ。僕も見てたし、僕も同じように思ったから」

「嘘《うそ》つけ!」俺はグラブで沢登の胸を殴った。プロテクターが少しずれた。

「嘘じゃない! 運命みたいなものだと思った。シンが同じこと思ってたなんて、思いもしなかったけど……」沢登はチラリと背後を気にしたが、ひとつ息を吐いて矢継ぎ早に語り出した。「僕、本当はあのときリトルに入るかどうかすごく迷ってたんだ。

うちの親は軟式少年野球にしろって言ってたし、どっちにしても溶け込めるかどうか分からなくて、ホントはビクビクしてた。いまはね、あのチームでよかったって本当に思ってるんだ。シンが――」と、言いかけた言葉を呑《の》み込み、「――ミットの音だけはよかっただろ」

沢登はミットに自分の拳を打ち付けて、バシュと浅い音を立てる。

「キャッチャーの大事なことはピッチャーに自分のボールがすごい球なんだって思わせることだって、お父さんが教えてくれたのはそれだけだった。それで、いい音の鳴る捕り方だけ、必死になって練習したんだ。でも――」

「そこ、早くして！」と、主審が険のある声で怒鳴り声を上げた。打者が退屈そうにバットを杖にしてマウンドを睨んでいた。俺は舌打ちして叫んだ。

「いま大事な話してるんだから、ちょっと待ちなさい！」

「なんだ、その口の利き方は！　ま、待ちなさいは、おかしいだろ」

俺は主審の小言を気にしなかった。「で、なんだよ。でも、なんだよ」

「でも、あのときシンのボールを受けた音が、聞いたことない音だったんだ。震えがきた。怖かったからかもしれない。嬉しかったからかもしれない。よく分からないけど、でも、何か違うんだって思った。そしたら、そのとき、桜の花がすごい勢いで流れるみたいにブワァッと舞って、それで僕は自分が喜んでるんだって分かったんだ」

沢登はちょっと目を逸らして照れ臭そうに微笑《ほほえ》んだ。「僕たち、ずっとバッテリーでいられるだろ」

心臓の周りで、ズキンと何かが響いた。俺は強がって、声を荒らげる。こいつは本当に恥ずかしい奴だ。

「お前なんか、俺のキャッチャーじゃねえと生きてる意味がねえだろ！」

沢登の目が優しく笑った。「じゃあ、こんな一回戦の相手なんて気にすることないよね。いいね、シン、ここは敬遠だから」

俺はやっぱり強がって、自分の高ぶる感情をうやむやにしようとする。

「だって、相手は豪徳寺だぞ。あいつにリトルでの借りを返すために今日までやってきたのに。俺たちの永遠のライバルを敬遠しろっていうのか？」

「それ、いま思い付いたんだろ」沢登は呆《あき》れたように肩を竦《すく》めた。頻《しき》りに背後を気にしている。主審は時計を気にしていた。「とにかく、監督が言うんだから素直に折れようよ。まだ一回なのに時間掛かり過ぎ。分かった？」

「監督じゃねえよ、あんな奴。数学の吉永《よしなが》じゃん。糞暑いのにスーツとか着やがって、ムカつくんだよ。クールビズって言葉知らねえのか。環境破壊野郎」

「はいはい。でも、いまは監督だから。分かった？」

沢登は定位置に戻った。俺はしきりにグラブで自分の膝を叩きながら、沢登があああ言うんだから、まぁしょうがないか、という気になった。フン、たまには顔を立ててやるか。そして、息を吐いて顔を上げると――

……ずいぶん長い打ち合わせだったな、まさか敬遠じゃないだろうな。と豪徳寺が沢登に囁いている唇を、俺は読んだ。いや、本当は読んだつもりになっただけだけど、するとやっぱりムカついてきた。

……へぇ、僕たちがあんたを怖がって逃げるとでも？　沢登はバッターを見上げてニヤリと笑った。……それにしても豪徳寺さん、いつまでチャック全開でいるんですか？　……なに？　豪徳寺は間抜け面で自分の股間を慌てて見た。右手を挙げてタイムをとった四番打者はバッターボックスから出て、靴紐《くつひも》を結び直している。主審がまたイライラし始めた。だが、俺は見た。時間をかけたつもりで靴紐を弄っていた豪徳寺が、立ち上がったそのときに、素早く股間に手をやってジッパーを引き上げたのを！

本当にチャック全開だったらしい。こんな奴、もう永遠のライバルから降格だ。こんなカッコ悪い奴を敬遠して、調子づかせるのは腹の虫が収まらん。

……ケッ、呟き戦法か、姑息《こそく》な真似しやがって。バッターボックスに戻った豪徳寺は照れ隠しに悪態を吐《つ》いている（ように俺には見えた）。……えー、せっかくチャックが全開だったのを教えてあげたのに、そんな言い方ないでしょう。沢登は少し哀《かな》しげに唇を尖《とが》らせた（はずだ）。豪徳寺は構え直しながら、厳かに吐き捨てた。……知らん！

思わずぷっと吹き出した。いやいや、知らんはないだろう、知らんは。だっていま自分でチャック上げたんだから、気付いたに決まってんじゃん。

灼熱《しやくねつ》の太陽は、マウンドの気温を十度は上乗せしていた。さて、俺はどうすればいい。一回表で敬遠か。こんな奴、簡単に打ち取る自信があるのに。でも、すでに大きくミットをずらした沢登は、バッターボックスの端で敬遠球を待ち構えている。豪徳寺の呆れたような顔が俺を見ていた。こっち見んなよ。俺は敬遠なんかしたくないんだから。……この場面で敬遠かよ、根性ねえな。と、また口パクの豪徳寺は、俺には聞こえない小声で絶対に陰口を叩いている。きっとこいつはベンチに戻っても、この試合が終わって学校に戻っても、俺のことを根性なしと罵り続けるつもりでいる。しかも、この球場には俺の活躍を見にきたうちの中学の連中がたくさん詰めかけているってのに。そいつらの白けたような声まで聞こえてきた。……敬遠するの？　……いやぁ、しないでしょう……やっぱり逃げるんだ……ホント根性ねえな……。耳の奥で響く雑音を無視して、俺はセットポジションから腕を振り上げる。

そして、叫んだ。雄叫びを上げた。敬遠ですか敬遠ですよ。たとえ監督が数学の吉永でも、それに逆らうことは許されねえもん。俺は健全な野球少年として、ベンチの指示を全うするまでです。クッソぉ。恥も外聞も投げ捨てて、この一球に青春のすべてを懸けて俺は叫ぶ。さようなら憧れの先輩、さようなら永遠のライバル。

「死ねぇぇぇ、この、うんこ野郎！」

次の瞬間には、豪徳寺が悶絶《もんぜつ》していた。俺の豪速球は見事に、奴がついさっき閉じたばかりの股間のチャックの、しかも半分しか閉まってなかったジッパーの、そのタグを直撃した。一瞬でノックダウンだった。神懸かり的なコントロールの良さに自分が一番驚いた。完全に逆球《ぎゃくだま》を突かれた沢登が、立ち尽くして唖然としている。マスクを上げた沢登は、俺と豪徳寺とベンチを順に見遣《みや》った。数学の吉永は暑苦しいスーツを着て、凍りついていた。なんてアドリブに弱い奴らだ。お蔭《かげ》で俺はちょっと気拙《きまず》くなって、九回裏一点リードでサヨナラツーランホームランを打たれたピッチャーのように、マウンドに蹲《うずくま》ってみた。どうも注目されていない。念を入れて、地面を拳で叩いてみた。

やっぱり誰もこっちを見ていない。

恐る恐る顔を上げてみると、時間が止まったみたいだった。灼熱のマウンドに一陣の木枯らしが吹き抜けた。

主審が豪徳寺の背後にしゃがみ込んで、腰を叩いてやっている。蹲った豪徳寺はマウンドに蹲った俺を指差している。相手チームの連中が、騒然としてグラウンドに駆け出してきた。マウンドに駆け寄ろうとするそのうちの何人かを、同じチームメイトが押し止《とど》めた。

「死ねって言った」という誰かの声が聞こえた。「あいつ、いま絶対死ねって言ったって」「死ねって言ったよ」「死ねって言ってぶつけたよ」「クラムボンはかぷかぷ笑ったよ」

「退場ぉぉぉぉぉッ！」まるでプロ野球の主審のように、たぶん一度はやってみたいなとテレビを見ながら思っていたに違いない、崩れた投球フォームのようなポーズでの退場宣告を、マウンドには目も向けないオーバーアクションで下した審判だけがやけに楽しそうに見えたのは、俺自身が結構へこんでいたからかもしれない。沢登がマウンドに駆け寄ってきて、まるで慰めるように俺の肩を叩いて言った。

「そういうへこんでるみたいな演技、要らないから」

さすが古女房、分かってらっしゃる。

夏季神奈川県大会初戦。一回表三分の一自責点ゼロ。中学時代の栄光への架《か》け橋は、この時点で終わりを迎えた。

section ②
転落

夏の県大会での退場騒ぎ以来、数学の吉永は俺を一度も試合で使わなかった。ベンチに入れることさえなく、俺の背中はノーナンバーの無地のまま、軽すぎて鏡にも映せないくらいすすけていた。ずっと。

ケロリンたちひとつ上の先輩が夏の大会（県大会二回戦で完敗した）後に引退して、部の最上級生になっても、かつてのエースに対する風当たりは強かった。まるで途中入部の初心者のように球拾いに回された俺を、監督は反省を促しているつもりか、徹底して無視し続けた。俺には直接何を言うでもなかったが、練習前には必ず部員を集めて言い放った。

「野球に必要なのは、チームプレイの精神だ。信頼関係だ。誰が上でも下でもない。全員が平等だという意識を持つことだ。自分のことを上手いと思って勘違いしている奴を試合に出す気はない。いいか、全員野球で全国に行くんだ」

当てつけとしか思えない。ケロリン体制で養われた部員のほどよい仲のよさは壊滅した。沢登がこっそり俺を振り返る。平等精神と横並び主義。数学教師の言いそうなことだった。そんな甘いことで試合に勝てるわけがない。しかも、その実態は、吉永絶対王政だった。

この訓示が、その後、一年に亘《わた》る暗黒時代到来の予兆だった。

部活中、ほとんどまともな練習に参加できない雑用係の俺は、解散後に自主練することにしていた。幸い、中学は町なかにあって、グラウンドを取り囲む街灯のお蔭で、端のほうなら夜でも明るかった。このグラウンドの隅っこが俺専用のブルペンだ。沢登が俺の置かれた立場に表立って同情することはなかったし、俺も愚痴を言ったりはしなかった。

この頃から、ようやく身長が伸びてきて、身体能力は日増しに向上していた。俺は球種を増やそうと、吉永が部のピッチャーに固く禁じた種類の変化球を練習した。背番号を付けていたら、そんなことは考えもしなかったはずだ。

だけど沢登も、高速スライダーを完全マスターしようとする俺に対しては、「焦らないほうがいいよ。肘を壊すから」と、やんわり注意を促した。それで仕方なく七色の変化球は諦めて、縦に落ちるスローカーブとチェンジアップに絞った。練習が終わるまで、生駒はグラウンドに続く横に長い階段に腰を下ろして、黙って沢登を待っていた。

暗黒時代は続く。

中三の春に、山下匠《やましたたくみ》という新入生が入部した。俺と沢登がいたリトルのチームで俺の後のエースを張っていたというクソガキだ。二つ下の山下など、リトルでの印象はほとんどない。俺とはほとんど口を利かなかったのだろうが、沢登には懐いているようだった。入部早々、「沢登先輩とバッテリーを組むために、野球部に入部しました」と広言して、その言葉を真横で聞いた俺は、あからさまな挑発に腹が立ったが、睨みつけただけだった。

そんな吉永の平等主義と真っ向から対立するはずの生意気新入部員は、しかし、最初からピッチング練習に参加していた。数学の吉永はなぜか山下を可愛《かわい》がり、俺は相変わらず球拾いだった。

監督の後ろ盾を得た山下だったが、二三年の部員からはひどく嫌われていた。吉永は見て見ぬふりをしていたのだろうが、事件はすぐに起きてしまう。

少年野球出身のピッチャーで、中二の新人戦からスタメン起用されるようになった佐藤《さとう》とその仲間が、陰で部の悪口を言っていた山下たち一年を、部活終了後の部室でこっぴどくシメたのだ。

確かに俺は止めなかったし、止めなかったのは山下の傲慢さにムカついていたからだったけれど、誓って佐藤一派の暴行には参加しなかった。正直に言えば、佐藤たちにも山下にも関わりを持ちたくなかったのだ。

吉永は、この事件の首謀者を俺だと決めつけた。

監督の乱暴な決めつけには沢登始め何人かが意見したのだが、「では誰がその事件に関与したのか言ってみろ」という吉永の執拗《しつよう》な尋問に答えなかったから、結局、俺がやったという疑いは最後まで晴れなかった。

濡《ぬ》れ衣《ぎぬ》を着せられた俺だけど、それでも「やったのは佐藤たちだ」と証言する気にはなれなかった。佐藤はそれでも一緒に練習してきた仲間だ。仲間を売るような真似《まね》はしたくなかった。佐藤を庇《かば》ったのではない。そんな情けない境地に自分を貶《おとし》めることが厭だっただけで。

やがて吉永は追及をやめて、「いじめ禁止」という何の意味もない標語を部室の壁に貼り付けて、この事件は決着した。山下たちも入部当初と比べると、ずいぶん物わかりがよくなったようだから、それでよかったのだろう。

しかし、冤罪《えんざい》事件は少し尾を引いた。

その頃まではまだ校内に俺への人気と同情がそこそこあったのに、鳴り物入りで入部した一年生ピッチャーを退部させるために新真之介が暴力を振るったという悪評が立った。あまり付き合いのなかった悪そうな連中が、「俺たちがその山下とかいう一年シメてやろうか」と、にやけ面で持ちかけてきたりした。いろんなことにムカついて全てを放《ほ》ったらかしにしておくと、「新は舐《な》められて当然」という陰口が一方で広まり、「試合に出なくなったのは勘違いし過ぎだから」という空気が校内を覆った。

俺は我慢した。球拾いのボールボーイとしてグラウンドの片隅から練習を見守り続けたのも、改悛《かいしゅん》したのだと監督にアピールするためだった。カキーンカキーンと打球音が響く野球部専用グラウンドで、セェエイ、オウ、セイオウセ、オ、セ、オーと、何ヶ月も声を張り上げて声帯を鍛え、おいおいこのまま俺はどこのバンドのメインボーカルを張ればいいんだ、という焦りと苛立ちを抱えながらも、新人戦、春季大会と応援団に混じって、というよりむしろ応援団長として、スタンドから声援を送り続けて、全国大会に進出した野球部を陰ながら支え続けたのも、もう一度自分があのマウンドに立つためだった。

それでも健気《けなげ》な元エースには一度も陽が当たらなかった。

中学三年、最後の夏季大会を前にしたレギュラー発表の晩、背番号すら与えられなかった俺は、これまで躊躇《ちゅうちょ》してきた監督への直談判《じかだんぱん》をその場で試みた。

「決まったことに文句を付けるな。お前のそういうところがチームの和を乱すのが分からんか。自分勝手な選手を試合に出して何かあったら、今度こそ即出場停止、活動停止だぞ。そうなったとき、お前に責任が取れるか？　あ、どうだ？　みんなの顔をもう一度見て、よく考えてから言ってみろ」

野球部の絶対権力者、数学の吉永。誰かに対してこれほど激しい敵意を抱いたことはそれまでなかった。

気配を察したのか、沢登が素早く俺を羽交い締めにして、耳元で囁いた。

「シン、堪えろって。出場停止にでもなったら――」

「分かってるよ！」

この部には俺の居場所などもうないのだと、ようやく分かった。きっと沢登には前々から分かっていた。こいつは、俺が下手に暴力事件でも起こして名門高校への野球推薦さえ失ってしまうことを、ずっと危惧《きぐ》して忠告し続けてきた。俺は自分のグラブだけを握り締めて、ひとり部室を出た。

激しい音を立てて閉じたドアの前で、夏の夜気に身を晒《さら》して蹲った。吉永の声は、ドア一枚隔てたずっと遠くから聞こえた。

「うちは全国優勝を狙えるチームだ。これまでできなかったのは、お前らのなかに甘えがあったからだ。チームプレイだ。ひとりだけ目立とうとする奴は、試合じゃ使い物にならん。チームが活躍して初めて、野球に勝つことができる。これが三年には最後の大会だ。チーム一丸となって勝利を摑め！」

空には赤い月が出ていた。いま俺の中学野球は終わったのだと思うと、涙が出そうだった。本当はその一年も前に終わっていたのに、未練たらしくしがみついて、真面目にやっていればいつか復帰できるなどと信じていた自分の甘さが情けなかった。

立ち上がった俺は、いまや誰もいなくなったグラウンドに続く短い階段へ向かい、腰を下ろした。沢登のそれと比べるとよっぽどきれいな白い練習用ユニフォームを、フェンスの向こうから洩《も》れる光に照らして見ているうちに、その練習着の白さが許せなくなってグラウンドに飛び降り、土の上をゴロゴロと寝転がって泥塗《まみ》れにした。沢登を待っていたらしい生駒が階段の上から、グラウンドを転がる間抜けな俺の姿を見ていたことにも、気が付かなかった。気が付いたときには、その脇に制服に着替えた沢登が立っていた。

沢登は俺の制服と荷物を持っていた。それを差し出して、「辞めたりしないだろ」と、少し陰のある声で言った。「高校で、またバッテリー組むんだろ」

一年間、こいつは何度も同じことばかり言った。俺の気持ちを腐らせなかったのは、沢登が聞かせ続けてくれた近い将来の展望がリアルだったお蔭だ。俺たちはときどき、硬球を使って肩ならしのキャッチボールをしていた。

「部にいさえすれば、シンなら絶対、海鵬の野球推薦が取れるから」

――そしたら、僕たちで甲子園を春夏五連覇するんだ。

あの夏の大会での失敗はもう繰り返さない。俺は沢登に約束した。カッとなってバカをやってすべてフイにすることは、俺だけでなく沢登まで犠牲にする。一年間ずっと我慢してこられたのは、すぐ近くに沢登がいたからだ。

「新君の実力みんな知ってるんだから」生駒は無理に作ったような笑みを浮かべていた。「私たち知ってるから。去年の春の大会のことだって忘れてないから」

「練習しようよ」沢登がミットで俺の腕を叩いた。「プロになったとき、僕たちが地味に練習してたこと、きっと感動のエピソードになると思うよ」

不覚にも、泣いてしまった。最後まで声が出なかった。俺は情けない男だ。


更に決定的な事件は、地区予選の数日前に起きた。試合も近いというのに、沢登は律儀に俺の自主練に付き合っていた。さすがに俺も試合前のオーバーワークを気遣って、その夜の練習を早めに切り上げた。そして、道具を戻すのに、ひとりで部室に向かった。部室には、明かりがついていた。

この時間まで居残る部員はいなかったから、不思議に思ってドアの前で立ち止まった。聞こえてきたのは、一年の声だった。

きっと初めての公式戦を前にして、昂奮《こうふん》していたのだろう。背番号を貰《もら》った山下を囲んで騒いでいる様子が、外からでもよく分かった。ふと俺の名前が聞こえて、つい入りそびれた。

それがよくなかった。

「新の奴、気ぃ遣うよな。あれ、とっとと辞めてくんねえかなぁ」と、一年の声がした。俺と一緒に球拾いをしている一年だった。「引退してからも来たりしないだろうな」「俺だったらとっくに辞めてるけどね。生き恥晒してるだけじゃん、あんなの」山下の粋がった声が聞こえてきた。益々ドアを開けづらくなった。「せっかくお膳立てしてやったのに、あいつ、マジで空気読めねえよな」「佐藤が山下にいちゃもん付けたときのこと？　あれ、新の所為になってんの、マジウケる。あれで退部になればよかったんだよ」「リトルではどうだったの？」「大したことねえって。実力ないくせに。口だけ口だけ。リトルのコーチとあいつの親が友達とかでさ、それで使ってもらってただけだから」「でも、全国行ったんじゃなかった？」「俺が投げてたら、世界で優勝してたね」と山下が不満そうに言って、話題を変えた。「だいたい勝てるピッチャーだったら、球拾いなんかしてねえだろ」

山下の不機嫌を察したのか、取り巻きも話をすり替えた。「新ってさぁ、毎日居残りで練習してるじゃん？　無駄な努力だけど。あれって、沢登さんの彼女と一緒に帰りたいから、沢登さんまで引き止めてるって聞いたけど、本当かな？」「沢登さんも新にはへつらってるみたいじゃん。彼女くれって言われたら、譲るのかな？　新の目付き、かなりそれ言いそうじゃね？」すると、山下の声が俄然《がぜん》滑らかになった。「あいつら、キモいんだよ。俺、リトルのときから知ってるけど。なんで新が辞めねえかっつったら、沢登と一緒にいたいからだろ？　むしろ」「どういうこと？」「俺の親に新の親が自慢したことあんだって。海鵬で春夏五連覇とかメジャーに何十億で移籍するとか言ってるっつって」「ハハハ、バカじゃんバカ」「違うんだって。それだけじゃねえの」山下の声は笑い含みになっていた。「それに全部、沢登の名前がくっ付いてんの。沢登と一緒に海鵬で、自分がドラフト一位で沢登が二位で、沢登と一緒にメジャーで、みたいな。スゲーキモくない？　何様のつもりだよ、マジ勘違い野郎」「沢登さんには彼女がいるのにね」「そうそう、不細工な彼女がな」

どれが俺を激昂させたのか？　蹴破るようにドアを開けていた。

一年は口をあんぐり開けて、固まっていた。山下の顔が引き攣《つ》っていた。その泣き出しそうな顔を見ても、高ぶった俺の気持ちはまったく収まらなかった。

俺はひと言も発しなかった。真っ直ぐ山下に詰め寄り、ボコボコにぶちのめした。山下は泣いて謝った。取り巻きはおろおろして止めに入ろうともしなかった。自分が何をしているのか、そのときの俺は全然分からなくなっていた。

汗塗れの練習用ユニフォームに山下の血が跳ね返っていたが、気が付かないほど逆上していた。誰も止めないから、止まらなかった。いつの間にか、金属バットを手にしていた。悲鳴が部室を駆け巡った。俺を呼ぶ沢登の声が聞こえたのは、そのときだった。振り上げたバットを止めたのも、沢登だった。

バットを引っこ抜かれた瞬間に、床を打つカランカランという耳障りな金属音が部室に響いた。そのノイズを掻き消すように、「なにやってんだ!」沢登が俺を怒鳴りつけた。俺に向かって声を荒らげる沢登なんて、初めて見た。

「なにをやってるんだッ!」

肩で息をしていた俺は、逃げるように部室を出た。ドアは開け放しで、敷居の向こうから怯《おび》える生駒が泣きべそを掻いて、俺たちを見ていた。俺は生駒を弾《はじ》き飛ばして、逃げ出した。

沢登は後で一年を問い詰めてあらましを知ったらしいが、それはもう全てが終わった後だったし、俺が山下をボコボコに殴った事実は覆らなかった。事件は内々に処理されて、出場停止とまではならなかったが、吉永は俺に即刻退部するように勧告した。やっぱり仕出かしたな、と言わんばかりの渋面で。

これで、もう野球推薦など望むべくもなくなった。地区予選を間近に控えて、晴れて俺は暴力事件の主犯になった。

神奈川県代表海鵬学園高校が夏の甲子園で五年ぶりの全国優勝を果たしたのは、同じ年の出来事だった。

section②の2
夢

山下タコ殴り事件は、近所での俺の評判までを劇的に落として、親父も母ちゃんも腫れ物に触るような扱いになった。

吉永は両親にこう説明した。

「ずっと挫折知らずでやってきたのでしょう。最後の大会で一年生に背番号を取られたと逆恨みして、暴力事件が起きました。こちらとしては、なんとか穏便に済ませましたが、私はこうした事態を昨年の夏以来憂慮していたんです」

キレる少年がどうこう、我慢を知らない子供がどうこう、吉永は懸命に自分と野球部の正当化を図った。弱者共がやりそうなことだったが、両親はそれを真に受けた。

俺はカウンセリングさえ受けさせられた。

そのカウンセラーが両親にどういう説明をしたのか知らないが、小学校の卒業文集に書いた「夢」が潰れたことを掘り起こさないように、海鵬の二文字が我が家で禁句になったのは事実だった。この夏休み中、テレビで高校野球を見ていると、母ちゃんはどうでもいい話題を振ってきたり、買い物に連れ出そうとしたりして、しきりに妨害を企てた。遂《つい》にキレると、「やっぱり」という顔で俺を見て、その夜、親父からはこっぴどく叱られた。だから自宅ではなく、沢登の家で海鵬学園が優勝する瞬間を目撃した。

夢という言葉が、俺は大嫌いだ。

みんなが好んで語るその言葉は、とても寒々しくて嘘臭い。海鵬入りや甲子園優勝やその後に続く野球人生は、夢なんていう緩い言葉では語れないものだった。卒業文集の未来予想図は、叶《かな》える夢ではなく、俺に訪れるはずの、訪れなければならない現実だった。家族を始め、俺をちやほやしてきた誰もこの違いを理解してはくれなかった。

俺は、一般入試で海鵬を受験するつもりでいることを家族に隠していた。

この決意を真っ先に告げた相手は、沢登だった。理由は二つある。ひとつは俺が全然へこんでいないことを伝えるため。もうひとつは誰かに勉強を教えてもらう必要があったためだ。沢登の母親は、うちの親とも仲がいいからかどうか、近所のおばさん連中のように俺を避けたりはしなかった。

むしろ、俺のほうが避けていたかもしれない。沢登がすぐに自分の部屋に通してくれることには、ホッとしていた。そこはひとり部屋で、プライバシーが保たれている。テレビまである。兄貴と部屋を共有していた俺には、快適すぎる部屋だった。八月に入ってすぐだった。俺はフカフカすぎる安眠ベッドに腰を下ろして、決意のほどを熱く語った。

沢登はほとんど使用していない勉強机の椅子に腰掛けて耳を傾けていたが、そのうち、「本気だよね」と、真っ直ぐに俺の目を見て確認してきた。

あんまりベッドがフカフカすぎるから、手を置いた途端に倒れ込みそうになった。このベッドに生駒は寝たことがあるのかな、という妄想を、この際は頭のなかから弾き飛ばした。

「俺は海鵬に行くって決めたんだよ。小四のときに」

それとも、小二のときに。憧れのバッテリーを目にしたときから。

沢登はどのくらい、俺と現実を共有していたのだろうか？

組み合わせた両手に視線を集中させる沢登の肩が、次第にプルプル震え始めた。泣いているのかと思ったら、笑っていた。笑っているのかと思ったら、その目にうっすら涙が溜《た》まっていた。どっちなんだよ、というツッコミを呑み込んで、俺は尻の落ち着かせどころをベッドの上に見付けることで一生懸命だった。

「俺じゃ受からないとか思ってんじゃねえだろうな」

震える声で答える沢登は、俺の発言を完全シカトした。「僕は自分が恥ずかしいよ」

「お前はいつも普通に恥ずかしい奴だろ」もぞもぞと尻を動かしながら、なんだか恥ずかしくなって目を逸らした。こいつはよくこんなベッドで眠れるなぁ、と感心する。

沢登は唇を呑んだようにしばらく黙りこくっていたが、やがて懺悔《ざんげ》でもするような重苦しい声で、「僕は海鵬を諦めて別の高校に行こうかと思ってたんだ。野球は中学でやめようかとも思ってた。シンと一緒に続けることはできないと思ってたし、そしたら自分に自信がなくなってきて、親も普通の高校にしたほうがいいっていうから、それで――」

俺は沢登がなにを言っているのか分からなくて、「はぁ?」と、苛立ったように嘆息した。「お前、なにふざけたこと言ってんの?」

「シンがあんなことして退部するからじゃないか!」顔を上げた沢登は逆ギレして怒

鳴り声を上げた。

夏の大会での沢登の成績は散々だった。それでまたこいつは、もじもじ君に逆戻りしているんだな、と俺は思った。

「なんだよ。俺の所為かよ」別れ話を切り出した女に決断を迫るような不貞腐れた言い方で、沢登を睨みつけた。「で、どうすんだよ。やめるのかよ」

返事を待ちながら結構ドキドキしていたのに、こいつはいきなり笑い出して、益々俺をムカつかせた。

「シンが受験するって言うんなら、僕が野球やめるわけないよ」

沢登は笑い過ぎて涙を浮かべていた。こいつ、やっぱり俺が受からないと思ってバカにしているんじゃないだろうか。沢登はひぃひぃ息を切らせて笑い続け、何度も目を擦《こす》っていた。俺はフカフカのベッドの上で二度三度尻で跳ねて、やがて寝転んだ。

全然落ち着かなかった。

「なんも可笑しくねえっすけど?」と、白い天井を見ながら吐き捨てた。

「僕も協力するよ、シンの受験」呼吸を整えた沢登は、熱の籠《こ》もった目で俺を見た。まだ笑っている。だが、そのうち何か重大な間違いに気付いたように、突然、表情を曇らせた。「でも、僕じゃシンに勉強教える自信ないよ」

俺は苛立たしげに上体を起こし、噛《か》み付くように言った。「アホか、お前は。誰がお前に教えてくれって頼んでんだよ？　お前は俺と練習だけしてればいいだろ。勉強は勉強できる奴に教えてもらうに決まってるじゃねえか」

「だったら」沢登は再び明るさを取り戻し、勢い込んで身を乗り出してきた。「生駒に頼むよ。あいつなら、上手く教えてくれるはずだから」

俺の目はキランと光ったはずだ。ムカつきが全部吹き飛んだ。ナイスだ、沢登。まさしく、俺が紹介してもらいたかった専属家庭教師は、生駒樹里に他ならなかったのだから。

「そう言えば、生駒は将来、先生になりたいって言ってたから、シンに教えられたら、いいトレーニングになるし、自信になるはずだよ」沢登は勝手に舞い上がった。こういうときの沢登のテンションにはついていけなかった。

こうして八月以来、沢登と自主練を続け、生駒とつきっきりで勉強会を行なった。沢登の部屋で俺たちは会い、沢登は自分の机に向かって鉛筆を噛み続けた。きっと俺と生駒がテーブル上で交わす呪文のようなやりとりを、様々な葛藤に囚《とら》われつつ、眺めていたことだろう。

ようやく海鵬を受験すると家族に告げたのは、三者面談を控えた十月の晩飯時だった。夏休みからの受験勉強で少しは自信がついてきた俺は、さりげなく切り出したつもりだったけど、「だってあそこは名門でしょ。どうしてそんなこと……？」まず母ちゃんが、しどろもどろになりながら目を剝《む》いた。両親は俺が野球をやめたと信じている。これ以上気を遣われるのが厭で、沢登との自主練をずっと隠してきたから。それをいまさら唐突に海鵬を受験すると聞かされては、動揺するのも当然だ。

「先生はなんて言っているの？」

担任は半分ボケが入ったような、定年間近のやる気のない国語教師だった。何を訊いても「う～ん」としか答えない。ボキャブラリーがなさ過ぎだった。でも、俺のほうも教師たちに向かって「野球」という言葉を口にしづらい環境にいた。俺が仕出かした数々の問題を知っている教師たちから、余計な説教なり気遣いなりをうだうだ聞かされるのは勘弁だった。「海鵬の野球部に入りたいから」と主張できないことは正直歯痒《はがゆ》かったが、「もう少しランクを落としても」という担任に対して（ランクってなんだよ！）、「どうしてもこの学校に行きたいんです」としつこく繰り返したのだから、こちらの真意は伝わったはずだ。なにしろ夏の甲子園を優勝した海鵬だし、体育会系の部活動にほとんど興味のなさそうな担任も、高校野球の優勝校くらいはさすがに知っているだろう。「まぁ、受けるだけ受けてみてもいいでしょう。願書は用意しておくから」と、最終的にはなんだか無責任な言い方をした担任は、それではあんまりだと思ったのか、「頑張れ」と付け加えた。付け加えられた言葉のほうが、よほど無責任に聞こえた。

「先生は頑張れって言ってたかな」俺は嘘偽りなく伝えた。

「それだけ？」

「あの爺さんは頑張れとしか言わないんだよ」兄貴が横から口を入れた。

「頼りない先生に当たったのねぇ」母ちゃんはいつもより言葉数が少なかった。動揺し過ぎて、自分を見失っているようだった。

どのみち志望校変更の意思なんてなかったから、これは相談ではない。ただの報告。

「勉強してるから平気だって。真面目に受験勉強してれば、全然余裕なんだから。ただ、私立で金掛かると思うけど……」

「そんなの将来返してもらうけど」さりげなく老後の心配をする母ちゃんは昔から金にうるさいのだが、このときは金のことより俺の学力に不安を抱いていた。「でもそんなことは、全部、受かってからの話でしょ」

俺がどれだけ平気だ大丈夫だと繰り返しても、全然信用がなかった。報告を終えて立ち上がった俺は、苛立った声で言った。

「学費は百倍にして返してやるよ！」

「お父さんからもなんか言ってよ」と、母ちゃんは矛先を変える。

親父はずっと釈然としない顔つきで刺身のつまばかり弄っていたが、「まぁな」と、やはりつまを解《ほぐ》しながら、「お前がやる気になっているんなら何も言わないが」俺たち家族はジッと一本一本解きほぐされてゆく親父の皿に乗ったつまを見ていた。「まぁ、夢は大きく持ったほうがいいからな」最後まで、煮え切らない態度の父だった。

夢ではない、とは反論しなかった。どうせ分かってもらえない。

実はこの二十三年前、親父は甲子園の土を実家に持って帰った、れっきとした高校球児だった。子供用の小さなバケツに詰まったその土は、２ＬＤＫの社宅アパートの物置にひっそり眠っている。栃木代表として夏の甲子園に出場した控え選手の親父は、大会一回戦で敗れることになるその野球部で、九回裏、代打として監督に呼ばれた。五点差で負けていた最終回、ワンアウト一塁、打順は当時の親父の大親友。その次が親父の打席だった。心臓がバクバクと音を立てた。ネクストバッターズサークルで、大親友の真剣な横顔を見守った。バッターは初球打ちした。二塁ゴロ。４６３のダブルプレー。代打の打席は永遠に回ってこなかった。

だから、親父にとって甲子園出場は夢だった。息子に託した夢だった。

俺も兄貴も小学校に上がる前から、シートノックを受けていた。兄貴はすぐに離脱したが、俺は親父に褒められるのが嬉しくて、最初はそれだけで野球を続けていた。小四でチームに正式加入するまで、本当にそうだったと思う。

様子が変わったのは、リトルで全国大会に出た辺りからだった。親父は俺が単なる野球少年ではないことに気付いた。チームの監督からも熱心に聞かされたようだ。小六に上がる頃には、俺と親父はどちらからともなく、キャッチボールをすることがなくなった。野球の話をしても、少しずつ嚙み合わなくなっていた。

いつだったか、兄貴がふてくされ気味に俺に打ち明けたことがあった。

「夢を持てなんて言われると、吐き気がしてくる」

親父がときどき兄貴にそう言っていたのを、俺は見ていた。

この台詞を聞いたとき、初めて兄貴と心が通じたと思った。「俺もそうだよ」と、勢い込んで賛同した。ところが、兄貴は恨めしそうな目で俺を見て、舌打ちして、そっぽを向いた。苛立たしげに吐き捨てられた台詞の意味が、俺には分からなかった。

「お前には夢があるだろ。俺とは違う」

やりたいことをやりたいだけやることができる何かを「夢」と呼ぶのなら、俺の野球は「夢」ではない。俺はやりたくないこともやれないこともやりたい以上も、全部ひっくるめて、野球に打ち込んできた。だから、夢という言葉には嘘臭さや微温《ぬる》さを感じて、とても気持ちが悪い。

親父は俺がどういう気持ちで野球と取り組んでいるのか、たぶん理解できない。どうして一般入試を受験してまで海鵬にこだわるのか、その理由もきっと分かっていない。一年生ピッチャーとして中学を全国二位にまで導いた俺が、まさかレギュラー落ちして、スタンドで応援団を率いることになり、最終的には強制退部させられて、野球推薦枠すら貰えず、それでも海鵬に、野球にこだわるという気持ちを、永遠に理解することはない。

兄貴も、母ちゃんも同じだった。だから俺は相談しなかったし、反対もさせなかった。

「ちょっとお父さん。シンのやる気を殺《そ》ぐようなこと言わないで」

その通りだ、母ちゃん。俺はやる気なんだ。この一年間溜まりに溜まった鬱憤を、全部まとめて受験で晴らしてやるつもりでいる。

「俺はやめたほうがいいと思うな」兄貴が冷たく明言した。

たしかに、一般入試に活路を見出《みいだ》しながらも、先々に大きな艱難《かんなん》が待ち受けていることくらい、俺だって知っていた。

海鵬の野球部では特待生や推薦組が優遇されて、一般入試からの部員は三年間球拾いしかさせてもらえないという話は、よく聞いていた。沢登はあえて触れないようにしているが、不安に思っているのは顔つきから見て明らかだった。野球に興味のない兄貴でさえ、そう思うのだ。不安は的を射ている。腕組みした兄貴は深い溜息《ためいき》を吐いて、目を閉じた。

「絶対、お前の頭じゃ受からないから」

……そこかよ！

かなりカチンときた。俺は食卓のテーブルに拳を叩き付けた。皿がガチャンと音を立てた。「俺を野球だけの男だと思うなよ。あんな学校、左手で受かってやるよ！」「塾に通ったほうがいいわよね」母ちゃんは、ひたすら息子の知能レベルに信用を置かない。「塾なんか行かねえよ。沢登が勉強見てくれてんだから――」「沢登君は勉強できるのか？」と、兄貴の皮肉。「あいつはシレッと頭いいんだよ」だが、教えてくれているのが沢登でなく生駒だということは黙っていた。「その頭のいい沢登君は野球推薦なんだろ」と、兄貴。

素早く母ちゃんが注意を促した。推薦の話はこの夏以来、新家では禁句だ。

「滑り止めの学校は慎重に選んだほうがいいぞ」と、親父が妥協的な意見を述べ、夕食時の家族会議は終了した。分かったことは、うちの家族が俺の学力をあまりに馬鹿にし過ぎているということだけだった。

section ②の3
現実

二月がやってきた。受験のシーズンだ。

言うまでもなく、俺には自信があった。十五年の人生でこれほど勉強したことはなかったのだから。

穏やかな冬の相模湾に面した鎌倉市の外れに高校はあった。受験に来た連中は大して頭がよさそうには見えなかった。しょせん野球で有名というだけの学校だ。それなのに、緊張で吐きそうになっていた腑《ふ》抜《ぬ》けた男もいた。全然大したことない。俺は不思議なくらいリラックスしていた。

緊張が襲ってきたのは、合格発表当日だった。一緒に行くと言い張る母ちゃんを振り切って向かった高校の前庭で、思わず失神しそうになった。ここに至って、はっきりとした現実が襲いかかってきた。

合格するかどうかで俺の将来が決まるのだ。野球推薦を得られなかった俺は、もう二度と失敗するわけにはいかないということに、受験が終わってもはや為《な》す術《すべ》もない合格発表の場に至って、やっと実感が湧いてきた。遅ればせながら、激しい焦りを感じ始めた。

音を立てる心臓を左手で押さえ、ゆっくりと人混みを見渡してみると、周りの奴らの呑気《のんき》さに腹が立ってきた。一喜一憂しているが、誰も俺ほど不退転の覚悟で勉強してきたわけじゃない。どうせこいつらは海鵬でなくてもよかったんだ。俺は海鵬でなければならなかった。この違いはあまりに大きい。甲子園に行くための一番の近道は、他の強豪校で海鵬を倒すことではなく、海鵬で部員を押しのけてレギュラーを勝ち取ることだと、俺は小学生のときから知っていたのだ！

大きく息をひとつ落とし、受験票をきつく握り締めた。ようやく覚悟を決めた。なんだか体力のなさそうなひょろひょろした連中が目につく人混みを掻き分けて、俺は掲示板の真ん前に立った。突然、隣で膝から地面に崩れ落ちた奴がいて、心臓が止まるかと思うほどギョッとした。眼鏡を掛けて如何にもガリ勉してます、と主張しているような髪の毛をボサボサさせたキモ男だったが、そいつが俺の制服のズボンをきつく握り締めている。

「おい！」込み上げてくる緊張のあまり苛立ちが募って、針金みたいな指を手刀で弾き落とすと、「い、痛い！」と、情けない声を上げて相手は泣き出した。泣くかよ、そんなことで。辟易《へきえき》する間もなく、そいつは俺の腿《もも》にからだごとしがみついてきて、「痛い。痛い。ということは、夢じゃないんだぁ！」と、気持ち悪いテンションでいきなり大声を張り上げると、俺のズボンを破ろうとするように力を籠めてきた。

「やめろよ、お前。なんだ、放せよ！」

「受かったよ。僕、受かった！」このメガネ君は俺が落ちていたら、などと考えもしないようだった。「君は？　君は何番？　僕が探してあげるよ。僕、いま受かっていたから、運がいいよ。僕が探せば絶対にあるよ」

掲示板の真ん前に受験生が密集して、俺は身動きが取れなくなっていた。いかん。かなりイタい奴にまとわりつかれて、やたらと注目を集めている。メガネ君は目敏《めざと》く俺の受験票の番号を読み取っていたようで、いきなり耳元で、「あった！」と、叫んだ。

「ホラ、１３２７１。真之介も受かってるよ。やった！」と、まるで同じ中学から一緒に受験した仲間のように、そいつは叫んだ。

「馴れ馴れしく呼ぶな。お前、ホント離れろって」

「絶対縁だよ。僕、博正《ひろまさ》。山田《やまだ》博正。覚えといてよ。絶対覚えておいてよ。僕たち、友達になれると思うんだ。山田博正。山田博正をよろしく」

　こいつは中学で相当ないじめられっ子だっただろう、と俺は百パーセント確信した。

それから、呆然《ぼうぜん》とした目で掲示板の貼り紙を確かめた。１３２７１。俺の番号。あった。口元が綻《ほころ》んだが、そりゃそうだ受かって当たり前だ、と自分に言い聞かせてポカンと開いた口を右手を使って閉じた。

　用が済んだのだからさっさとここを離れよう。

「友達だよ、僕たちもう友達だよ」歩き出した俺の背に「絶対だよ、真之介！」と、なおも怒鳴るメガネ君の大声が届いていた。「さよなら！　またね、真之介！」

　メガネ君はいつまでも掲示板の前から動く気配がなかった。俺はちょっと興味を惹《ひ》かれて、安全地帯から様子を見守った。メガネ君はまた新しいカモが現れると、そいつのズボンを摑んで、「夢じゃない。受かった」を最初から繰り返して、「君の番号、僕が探すよ。僕たち友達だろ」を始めた。こんなに友達を欲しがって熱心に勧誘している奴を、俺は見たことがなかった。

「——奇跡が起こった！」

まずそう叫んだのは、兄貴だった。平生、あまり昂奮することのない兄貴が声を荒らげ、俺の背中をバンバン打ってきた。「お前、外歩くときは気を付けろ、絶対悪いことが起こるぞ。間違っても工事現場には立ち寄るな。真上からH鉄鋼が落ちてきて人生終わるぞ。ああ、ホント、俺は怖いよ。お前に俺のツキまで奪われたんじゃないのか。マンホールに落ちたらお前の所為だぞ。ヤバいよ、呪われるよ、うちの家族」

「……うざい」

俺が兄貴に摑まっている間に、母ちゃんは震える声を押し殺して、なんとか寿司《すし》を注文した。宝くじで三億当たってしまったかのような、神経の遣い方だった。自分の一挙手一投足で、俺の合格が掻き消されてしまうと疑っているのか？　合格の電話連絡を入れたときもほとんど口を開いていなかったが、帰宅してみると、顔面蒼白《そうはく》で目が虚《うつ》ろな母ちゃんだった。その後、俺に隠れて何度も自分の頬を摘《つま》んでいた。これが夢でないことを確認していたようだが、隠れ方にも動揺が表れていて、上手く隠れきれていなかった。

その母ちゃんから連絡を受けたのだろう。親父は会社を早退して午後五時に帰宅した。これはかなり珍しい。

「シン！」と、玄関口から大声で叫ぶ親父もまた動揺著しく、靴を上手く脱げなくておたおたしていた。「お前は本当によく頑張った！　父さんは感動した！」まるで俺がポスティング制度で五十億円獲得したというような慌てぶりだ。あれほど一般入試に納得いかない様子だったのに、これで俺の野球人生に前途が開けたと、ようやく喜んでくれたのだろう。というよりも、みんな俺を馬鹿にし過ぎだ。親父は早く靴を脱げ。

「あのさ、もしかして俺が落ちると思ってたわけ？」

「当たり前だろ！」兄貴が答えるより先に、親父が怒鳴った。

期待の低さに、かなりへこんだ。

母ちゃんは震える手で牛肉を切りながら、キッチンの前で涙ぐんでいた。おーい。やり過ぎだろ。

その晩の豪勢な夕食が終わってからだった。兄貴が無言のまま顎をしゃくって合図し、俺たちの寝室に連れて行った。奇跡だ奇跡だとバカにしまくって騒いでいた兄貴は、両親よりもよほど早くに落ち着きを取り戻して、黙りこくったまま部屋の自分用スペースを漁《あさ》っている。やがて俺に背を向けたまま、なにやら切ない溜息をひとつフゥと吐くと、「これ、お前にやるよ」とそっけなく言って、声のそっけなさとは裏腹に両手で恭しく抱えた箱を俺に手渡した。

「ちょっと、兄貴。これ――」

それは、兄貴がずっと箱入りで飾って、俺に触らせもしなかった宇宙人フィギュアだった。中二の夏以来、二度と縁がないと思っていた。

「これを俺だと思って大事にしろよ」兄貴ぶって俺の肩をポンポンと叩く姿が正直かなりキモかったが、不覚にも厳かに頷く俺だった。

「大事にするから、兄貴は安心してマンホールに落ちてよ」

母ちゃんは正気を取り戻すまで二日掛かった。どうもまた例によって近所に言い触らしているらしい。そんなことを続けていると、近所で嫌われるからやめたほうがいい、と俺は忠告したが、

「だって、こんなこともう二度とないかもしれないじゃない。あんた、こんなときく

らい親に自慢させなさい」

俺が甲子園で優勝したときに自慢してくれ、と思ったが、更に調子づかせるだけのような気がしたから、口にしなかった。近頃は、「田舎のバアちゃんに報告に行かないとな」と、親父が一日一回は厳かな口ぶりで言う毎日だった。ちなみに田舎のバアちゃんはとっくに他界している。親父の目は虚ろで、遠くを見ていた。待て待て待て。どこまで俺をバカにしてたんだ、この家族は！

だが、態度を豹変《ひょうへん》させたのは、家族だけではなかった。

担任は明らかに俺が落ちると思っていたのか、その動揺は母ちゃんの比ではなかった。授業中もチラチラと落ち着きなく俺のほうを窺って、悪魔が窓際の席に陣取っているような警戒のまなざしを何度も送ってきた。数学の吉永の態度はもっとあからさまだった。「聞いたぞ。よくやったな」と、廊下で俺を呼び止めて、抜け抜けと笑顔で話しかけてきた。「野球をやめたお前が受験に頑張る気になってくれたことが、俺はなにより嬉しいぞ」

今後の人生において、二度と吉永と口を利くことがないだろうと、このときはっきり確信した。

「吉永はきっと海鵬で自分の悪い噂《うわさ》を流されたくないんだろうね」と、沢登は俺の憤《ふん》懣《まん》を受け流して、冷静に分析した。「あいつ、あれでも海鵬のＯＢだから。野球部から進学する生徒もいるし、ここ何年か、いい選手を推薦してくれって理事長から直々に年賀状が届くらしいよ。自慢してた」

「どこがどう自慢なんだよ」俺は白目を剝いた。

「そうは言っても、シンだって吉永の後輩になるんだから」

小雪の舞い散る二月末だった。通学路に降る細雪《ささめゆき》は、頰に触れた途端に露と消える。

俺の合格を真っ当に評価してくれたのは、沢登と生駒だけだった。長年バッテリーを組んできた男は、ここぞというときの俺の実力をよく知っていた。一番に電話で知らせたときも、大袈裟にならないように嬉しさを隠して、「受かったぞ」と、気楽に伝えただけだった。沢登の返答も素っ気なかった。「これで高校も一緒だね」「気持ち悪い言い方すんな」「今日も練習する？」合格に対するお祝いメッセージはほとんどなかった。「するに決まってんだろ。これで俺の未来予想図は修復されたんだからな！」ガッツポーズ。沢登と話をしているうちに、受かって本当によかったと、安堵《あんど》の溜息が洩れた。

吉永の悪口でテンションの上がった俺に、沢登を挟んで歩いていた生駒が声を掛けてきた。「新君の学力、九月後半から一気に上がったじゃない？　集中力が違うって見てて思った。やっぱりはっきりした目標があると違うんだよ」そんな生駒も、すでにお嬢様学校と評判の私立女子高に合格が決まっていた。大学付属の女子校で、その私立大の教育学部に入りたいのだと、受験勉強しているときに聞いた。

「生駒だって同じだろ。俺たち、順調すぎて怖いよな」

「あのさ、シン。入ってからが問題なんだから、あんまり調子に乗りすぎないでよ」沢登がなぜだか唇を尖らせて、水を差した。

住宅地の立ち並ぶ街路だった。俺はふと立ち止まり、梅の枝が張り出したその家の表札を見つめながら、つい口元を綻ばしていた。ふたりが不思議そうに振り返った。

「どうしたの？」と、生駒が訊く。俺は大きく息を吐いて、少し勿体《もったい》ぶった調子で生駒に向かって深々と頭を下げた。

「生駒、ありがとな。俺が合格できたの、本当にお前のお蔭だった」

「いやいや」照れたように生駒は首を横に振って、「私のほうこそ、新君が頑張ってたから負けられないって思ったんだから。だから、お互い様。どうもありがとう」と、同じくらい頭を下げた。

俺は見知らぬ誰かさん家《ち》の塀を指先で撫《な》でる。「お前らには言ったことなかったけど、俺、夏に海鵬の野球部がランニングしてるの見たんだ」

沢登たちが全国大会一回戦を戦っていた同じ日だった。俺はクラスの仲間と海水浴に行った。その帰りだ。鎌倉を走る江ノ島電鉄の車窓から、海辺の道をランニングしている野球部員を見た。あの夕陽は、とてもうら寂しかった。

「ちょうど鎌倉のさ、海岸線から逸れてくらいのとこで。野球とかどうでもいいなんて気になってたときに、窓の外に見えたんだよ、海鵬の野球部。あの人たち、甲子園についていかずに練習してたんだろうな。そんな部員がいるんだと思ったら、そしたら俺、自分がすごく情けなくなってさ。海鵬の一般入試受けようって決めたの、そのときだった。チームが甲子園に出てんのに、応援に行かないでレギュラー目指してる部員がいるって、すごくないか？　ひとりじゃないんだぞ。何人もそういう人たちがいたんだ」

二月の街路は肌寒かったが、沢登も生駒も歩き出そうとはせず、黙って俺の話に耳を傾けていた。やがて、沢登が笑みを浮かべてこう答えた。

「それ、すごい偶然だよね。シンと海鵬の間に運命的なものを感じる」

「だろ？」そういう返答を期待していたのではなかったが、俺は湿っぽくならないように、軽く受けて笑った。

沢登は頬を軽く掻きながら、小さく首を傾《かし》げて、「でも、どうして海鵬の野球部が鎌倉でランニングしてたんだろうね」と、言った。

沢登の抱いた疑問がいまひとつよく摑めなかった。ふと窺うと、生駒も不思議そうにしている。もともと白いその頰を、雪が撫でていた。俺の頰にも粉雪が降っていたが、半ば麻痺した皮膚は、冷たさを感知できなかった。

さっきから生駒を見過ぎていると自覚して、視線を沢登に移した。寒気に晒され過ぎた頰が、少し熱っぽかった。

「それはだね、沢登君。海鵬学園が鎌倉にあるからだよ」

俺のとってつけたような返答は、きっと生駒に対する妙な疑惑を抱かせないためのカモフラージュに過ぎなかった。

鈍い沢登は何も気付かず、つまらない冗談で俺を楽しませようとして、愚かな返答を寄越《よこ》す。「海鵬は横浜だよ。それ、もしかしたら別の高校の野球部だったんじゃないの？」生駒に肘を小突かれた彼は、上手く話をまとめようとして、「いや、でも、あれだよ。それでもシンがそれを海鵬だと思ったってことが運命的なんだから――」

戯《じゃ》れ合うようなやり取りをするふたりの様子に、俺は少し落ち着きがなくなって、沢登のフォローを最後まで聞かなかった。

「じゃあ、鎌倉に分校があるんだな」

「だから、ないって。あるわけないじゃないか」

俺はバッテリーの無知を哀れむように大きく溜息を吐いた。「知ったかすんなよ、沢登。お前は推薦入試かもしれないけど、俺は一般入試で受験したんだから、俺の言うほうが正しいに決まってるだろ」

沢登は失笑した。皮肉られたことにすら気付かないバカな奴だ。

「ちょっとシン。だったら、君はどこを受験したんだよ」

「だから海鵬だって」さすがに会話の流れが変だと気付いた。キャッチボールが上手くできていない。「なんだよ、マジでわけ分かんないんだけど。だって、海鵬って書いてあったんだから絶対間違ってないって」

口元に手を当てた生駒が、蒼《あお》ざめた表情になった。

「樹里、どうした?」沢登がやたら気安く、しかも少し苛立ったように生駒へ呼びかけたことのほうが俺にはショックだったのだが、ふたりは俺のびっくりには気付かなかった。

「もしかして……」生駒は怖々と口を開いたが、声にすると呪われるというように、

「ううん。なんでもない」と、即座に力強く打ち消して、首を振った。その表情がど

ことなく、担任がチラチラと悪魔を見る目付きで俺を盗み見るときの顔に似ていた。

「なんだよ、言えよ！」座りが悪くなった俺は、じゃあ合格は夢だったのか、受験さえも夢だったんじゃないか、と半分くらい信じかけた。

「だって、鎌倉の海鵬なんていうから……」生駒の言葉尻が消え掛かったとき、「あっ！」と、沢登も何かに気付いたようにいきなり声を荒らげた。

慌てて俺を振り向いた頬がヒクヒクと痙攣《けいれん》していたのは、寒さの所為ではなさそうだ。唇が動いているが、声が出ていない。その顔は、二日間に亘って母ちゃんが陥っていた動揺に似ていた。

「もしかして、ふたりで俺のことからかってる？」俺ひとりだけが場違いな、間違ったような薄笑いでいた。「マジ、ウゼえよ」

「そうじゃないけど、シン、それ、その海……？」

「だから、海鵬だよ！　はっきり言えよ。お前ら、俺の言うこと信用してないのか。俺じゃ入試に受かるわけないって思ってたのか」

あんまり誰も彼もが俺の合格を信じていなかったものだから複雑な思いが拭えず、ここ数週間、実は相当ムカついていたのだ。

「そうじゃなくて、シンの言ってるそれって、もしかして……」沢登は二月の寒空の下というのに、額に汗を掻いていた。「海應高校《かいおう》……だったんじゃ……」

「あそこなら鎌倉だし……」と、生駒が付け加える。歯切れの悪い呟きは、悉く《ことごと》途中で打ち切られる。

そんな沢登と生駒を見比べて、もやもやが伝染した俺まで首を傾げた。「だから、海鵬だろ？」

「海應！」ふたりの声が綺麗《きれい》にハモった。

「え？」

やっと背筋に悪寒のような冷気が走った。粉雪は静かに降り続ける。

「鎌倉にあるのは海鵬じゃなくて、海應！　なんで？　なんで誰も気付かなかったんだよ？」沢登はほとんど怯えているようだった。「なんで誰も止めなかったんだ？」

「ていうより、なんで受かったの？」生駒はほとんど怒っているようだった。

「え？」俺ひとりだけが事の重大さをよく分かっていない。

「海應って、日本で一番東大進学者が多いエリート校だよ」

「え？」

「海鵬と海應じゃ名門の意味が全然違うんだよ」

「え？」

section ③
再転落

海應高校入学後しつこく付きまとうことになるメガネ君が、俺を見付けて放った第一声は、この世に生を受けてから十五年間、死んだ祖父《じい》ちゃんだけが呼んでいた聞き慣れない呼び名だった。俺は「アラタ」か「シン」以外の呼び方で誰かに呼ばれた経験が非常に少なかったのだ。だから、メガネ君の、ある意味、正確な呼び方を完全にシカトした。しかし、彼はシカト経験豊富な逸材だった。

「真之介って出席番号一番だろ。僕はラストなんだよね。運命だよね」

俺は運命を男に語られることが大嫌いな高校一年生だ。

暗黒時代が再来したことを入学式当日に認識した。

入学式が終わり、それぞれの教室に向かう整列した黒髪の群れ。男女お揃《そろ》いのグレーのブレザー制服をたくさん見かけたと思っていたのだけど、教室に詰め込まれて我に返ったとき、周囲にいたのは男子生徒ばかりだった。体育館にいた女子生徒は幻か？

すぐにホームルームが始まって、一年D組の担任教師が教卓に両手を突いて身を乗り出した。つまり、俺のクラスが1Dなのだが、このときの担任の熱弁から、いよいよ俺は完全に異世界へと連れ去られてゆく。

「もうみんな気付いていると思うが、海應高校にはAからGまでのクラスがある。この教室にいるみんなが、今後一年間、顔を合わせるクラスメイトだ。いいか、君たちはいまD組だな。D組の生徒たちだ」と、妙に含みを持たせて担任は言った。

あえてそんなことを口にする意味が、俺には分からなかった。

「大学入試は三年後だが、この三年間に君たちがなにをするかで結果が変わってくる。それを念頭に置いて、日々精励するように」

精励という言葉を日常会話として使用する人に、俺は初めて出逢《であ》った。それから担任は、あまり聞きたくもない、興味もないお話をニコリともせずに延々と続けて、やはり俺には何の関係もない方向に話を振って、まとめに入った。

「みんなが気になっていることだろうから、参考までに大学進学率を教えておこう。海應高では九十五パーセントの生徒が現役で大学に進学する。知っての通り、ここ十年間、東大への進学者数は海應が一番だ。国公立大学への進学率も極めて高い。その数字もやっぱり全国一位だ」かなり熱血な感じで人差し指を立てた右手を、肩を入れるようにして胸の前に示した。「君たちが海應高校の伝統を汚すことがないように、我々教職員も新入生諸君の刻苦精励を期待している。校長先生の祝辞にもあったように必勝の精神を持って、三年後、見事な桜が咲くように、これから一緒に頑張ろう」

俺はポカンとしていたが、周りもポカンとしていた。意外と普通にノーリアクションだったから、少しホッとした。担任だけが涼しい顔つきで、持参したファイルの端を教卓で揃えながら、「それでは、何か質問のある者はいるか?」と、尋ねた。

誰も何も質問する気配がなかったから、俺は左手を無気力に挙げた。とりあえず出席番号順に並んだ暫定的な席配置で、廊下側最前列に俺はいた。

「では、そこ。一の一番」俺は将棋の駒か。「新だな。よし、なんだ?」

座ったまま、はっきりとした声で尋ねた。

「野球部はどこにあるんですか?」

担任はいきなり面食らったように動きを止め、それからスーツの襟を不必要に揃えるような仕種をした。

「はぁ、面白い質問だな。野球部か」彼は明らかに動揺しながら言った。

あ、知らないんだ、と俺は目敏く察しを付けた。そして、この担任は「知らない」とロにすることを知らないのだ、と分かってしまった。

「野球部はグラウンドにある」答えに窮した彼は、どこかの国の首相のような見当違いなことを言った。

生徒たちは一斉に吹き出した。

「静かに！」ところが彼が少し声を荒らげると、このクラスはピタリと雑音を消した。寄せ集められて三十分と経《た》っていないクラスメイトたちの恐るべき統制力に、俺はほとんど感動した。担任はそれを当たり前のことだと思っているのか、あっさり言葉を継いだ。「他に質問のある者は？」

おい、俺の質問は答えられたのか？

「このクラスは男子だけなんですか？」俺はもう手を挙げもせずに重ねて訊いた。担任は眉を顰めて、「女子がいるように見えるか？」と、鼻で嗤《わら》った。

「入学式で見たような気がするんですけど」

「あれは女子部の生徒だ。敷地の奥に海應女子が隣接しているが、間違って登校したりするなよ。いいか、新？」

クスクスと笑い声が聞こえるところをみると、大半のクラスメイトにとって、いまの俺の質問はかなり的外れなものだったようだ。「はぁ」と相槌を打って、俺はそれきり沈黙した。

「それでは今日はこれまで。授業の概要はさっき説明した通りだ。明日からのオリエンテーションで詳しい説明があるだろうが、いいか。同じ事柄を二度説明することは今後、ほとんどないからな。一度で理解できるように、常に頭の回転が利くように集中していろ。では、起立！」

こうして初日を終えた俺の席に、さっそくメガネ君があちこちの机の角に腰をぶつけながら近付いてきた。自分の机がずれるたびにクラスメイトが陰険な目でその後ろ姿を睨みつけていたが、彼は気付かずにいるようだ。俺の席の前でなんだか得体の知れないパンチのようなものを宙に放ちながら、「ねぇ、真之介。さっきの質問はなんだったの？　軽めのギャグ？」と、言った。クラスにメガネ君が十人くらいいたから、俺は彼をメガネ君Cと呼ぶことにした。

すると、メガネ君Aが俺とメガネ君Cの側に寄ってきて、「君、野球部に入るのか？」と尋ねて、俺を昂奮させた。いきなり野球部に関心を示すクラスメイトが現れるとは、思いもしなかった。メガネ君Aは俺の声にならない熱っぽい頷きを受けると、「そうか。やっぱり」と、顎に手を当てて考え込み始めた。やがて、意を決したように口を開いた。

「三年間なにをするかで結果が変わるって話だったよな。東大にも野球部があるし、高校で野球部に入っておいたら、やっぱり内申に有利に働くのかな。君もそう思うのか？」

メガネ君Aの思考経路が完全に意味不明だった。その彼に向かって、唐突に自己紹介を始めたメガネ君Cから逃げるように教室を出ると、俺を追いかけるメガネ君Cがまた机の角に腰をぶつけたり、ドアの敷居で躓《つまず》いたりする騒がしい音が聞こえた。

そんな俺以上に落ち着かない様子で入学式に出席していた母ちゃんは、一般棟から出てくる俺を前庭で待っていた。かなり暗い顔つきで出迎えると、突然、脈絡もなしにわけの分からないことを言い出した。

「どこのお母さんにも言われたんだけど、みんな塾に通っているみたいよ。あんたが塾に通わなかったって言ったら、母さん、信じられないっていう顔されたわよ。あんた、いまからでも塾に行ったほうがいいんじゃない？」

情報収集は母ちゃんの得意分野だが、あいにく情報処理が苦手なので使い勝手が悪い。

「なんで合格したのに、塾に行かなくちゃなんないんだよ」

俺は呆れ返って、溜息を吐いた。塾なんかで時間を取られたら堪《たま》らない。

「う〜ん、母さんもそう思うんだけど、でもみんな通ってるって言うから」

「みんなと同じことしていたら、上には進めないんだよ」ただでさえ他校の野球部に遅れをとっているのに。

「そういう問題じゃないわよ。シン、あんたもう少し、焦ったほうがいいんじゃないの?」

「俺は十分に焦ってるよ」

クラスメイトが母親と一緒に側を通り過ぎていた。たぶん同じようなことを言われているのだろう。生徒の顔は曇りがちで、目が合うと、明らかな苦笑を示してみせた。

「もう寮に行かないといけないから」

「寮の人たちにも挨拶しておいたほうがいいかしらねぇ」

「やめろよ」つい声を張り上げた。

母ちゃんは気難しい顔で学校の敷地を眺め回していたが、「あんた、本当にここでやっていけるの?」と、最後に本音を吐いた。

その不安だけは、俺の気持ちとぴったり一致していた。

section③の2
佐久間登

全寮制でないこの高校で、俺が寮生活を希望したのは、もちろん登下校の時間を無駄だと感じたからだ。その時間にランニングでも素振りでもやらなければならない。ここは海鵬ではないのだから、ひたすら自主練の日々だと覚悟していた。

寮生活初日、つまり入学式の午後に、新入寮生全員が食堂に集められた。説明会の参加者のほとんどが一年だったが、なかには上級生も混じっていた。

三十人ほどの人数が、全体の比率として多いのか少ないのか俺には判断できなかった。規律や門限についてのざっとした説明があった後、寮監だという地理の教師が「寮の一日」という紙をホワイトボードに貼り出した。マグネットで四隅を留めたその一枚に注目したとき、食事や入浴の時刻が刻まれているスケジュールのなかに、自習という不思議な項目が二箇所あることに眼《め》を奪われた。午前五時半（朝の点呼）から七時まで。午後八時（夜の点呼）から十時まで。それぞれ一時間半と二時間の枠がとられていた。自由時間の間違いではないのか、と訝《いぶか》っていると、「自習時間は各自、自室か自習室で過ごすこと。くれぐれも他の人の邪魔をしてはなりません。大声を上げたり、音楽を大音量で流したりしてはなりません」という、寮監の淡々とした解説で、自由時間ではないことが判明した。早朝と夜は騒ぐな、ということだろう。それは分かるのだが、自室か自習室で過ごすという規則の意味が分からなかった。

俺は慌てて右手を挙げた。「はい、どうぞ」と、寮監は目敏く見付けて、質問を許した。注目が集まっている。教室で野球部について尋ねたときとは違って、俺は椅子から立ち上がった。

「そこに自習という文字がありますけど、『自習』というのは、『自主的な学習』か『自由に学習する』の略ではないでしょうか。だとすると、その『自習』が強制的にスケジュールに組み込まれているというのは、語義矛盾というものではないですか」

俺はこの語義矛盾という言葉を受験勉強の際に生駒から何度も突きつけられて、一時生駒との会話が困難に陥った経験があった。自分で使ってみたのは初めてだったが、口にしてみると、自分が賢い奴になった気がしてすらすらと後が続いた。「だから、本来の意味で、一日のスケジュールに自習時間を組み込むというのは、おかしなことではないかと思うのですが」

周囲の唖然としている目に見守られながら、俺は少し得意な気分で席に着いた。機会があったら「精励」も使ってみようと思った。

この質問に対する寮監の答えは、新入寮生全員に向けられた。

「ただいま興味深い指摘がありましたが、この寮でいう自習は、『自主的な学習』や『自由に学習する』の略ではなく、『自習時間』の略称です」

おい、ちょっと待て。

「皆さんも何か分からないことがあったら遠慮なく質問してください。それでは、次に入浴に関する注意ですが――」

遠慮なく質問したのだから、ちゃんと答えて欲しい。俺は寮監が入浴の注意について一般的な日本人なら間違えねえだろ、というような説明を繰り広げている間に、「俺の一日」を頭のなかで思い描いた。授業が午後四時半に終わったとしよう。夕食時間終了間際ギリギリに戻るためには、午後七時四十五分には練習を切り上げなければならない。正味、三時間十五分。いや、それでは風呂に入る時間がなくなる。食事も入浴も全て八時までに終えなければならない（点呼が八時だからだ）のだから、せめて七時半には戻らないといけない。で、八時から俺は何をすればいいんだ？

午後十時に自由時間を得ても、そもそも点呼後は外出することができない。翌日の起床は朝の点呼時、午前五時半だ。それからまた一時間半の自習時間。なんだ、この強制的な拘束は。学校にいる時間と「自習」時間と睡眠時間を差し引いて、いったい残りは何時間だ？

食堂を見回してみた。全員、神妙な顔つきでタイムテーブルを書き写している。異議を唱える者はひとりもなかった。

寮は三棟に分かれていて、俺の部屋は新棟と呼ばれる建て増しされた一棟だった。新棟は、学校側から見て裏側に当たり、廊下も部屋もリノリウム床で、土足のまま生活するようになっていた。一年はほとんどこの棟に集められたようだ。その新棟二階の階段を上ってすぐ、洗面所や洗濯室や小さなキッチンに最も近い、西側の端にある八畳見当のふたり部屋が俺の居室だった。新棟と言っても、いったいいつ建て増しされたのかと突っ込みたくなるほど、古びたコンクリート打ちっぱなし三階建ての安普請だった。部屋の西側の壁に使い古した鉄製の二段ベッドが備え付けてある。その奥に、背中を向け合う形で置かれたスチール机と椅子が各二台。更に奥にベランダがあり、表面の剝げたもの干し竿《ざお》が薄ら寒く二本、渡っていた。それだけの部屋だった。壁は木製で、防音など望むべくもない。

ルームメイトは1Eの佐久間登《さくまのぼる》という、背のひょろりと高い、整った顔立ちの爽やか君だった。説明会の後、一緒に食堂から部屋へと戻りながら、お互いに自己紹介した。廊下を歩きながら佐久間は、『自習』が『自主学習』の略なんて考えたことなかったよ」褒め殺しか、と思うような感嘆の口ぶりで言った。

俺は説明会での不満を思い出して仏頂面になり、「でも、自習を強制されるのは普通おかしいだろ?」同意を求めるように言ってみた。

「確かに、おかしい」佐久間はいい奴だった。親身になって考えてくれているように、腕組みしながら歩いていた。

「あの時間、外に出られないんだよな」と、俺は自問するように尋ねる。

今日一緒に入寮した佐久間に訊いても仕方なかったのだが、「外にと言うか、部屋か自習室以外にいてはならないってことみたいだね」真摯に受け止めてくれた彼は、その直後に思い掛けないことを言い出した。

「仮に、あの『自習』を『自主学習』の略だと認められたら、外に出ることは可能だろうけど」

驚いて、爽やか君に目を遣った。

「例えばだけど、『自習時間には大きな音で音楽を流してはならない』んだから、『自主的に』音楽を『学習』しようと思ったら、寮のなかではできないことになるだろう？」

ハッとさせられた。目から鱗《うろこ》がハラハラと落ちた。つまり、自主的に野球を学習しようと思ったら、俺はその時間に練習できるということか。それは部屋や自習室ではできない学習だ。

けれど、そんな俺の昂奮を佐久間は冷静な声で正した。

「そういう疑問はきっと以前にも出たと思うな。寮監は君の『自主学習』解釈を認めずに、この寮での自習は自習時間の略だと言った。『自習』の語義を逆手に取って、外出しようとする生徒は以前からいたって話は、聞いたことがあるよ。夜の点呼が八時だっただろ。昔は自習時間の後の、午後十時が点呼だったらしいしね。だから、そんな訴えを起こしても、受け入れられることはないと思う」

佐久間の言葉を反芻《はんすう》していると、そうかもしれない、という気がしてきた。

「むしろ僕が興味を惹かれるのは、それなのに、あの計画表に『自習』という言葉が使われていたことだな」佐久間はさっきのちょっとした黙考の間に、いろいろなことを考えたようだ。こいつは変わった奴だな、と直感して、すっかり聞き手に回る。

「ここ何年かは、そういう異議を申し立てる寮生がひとりもいなかったんじゃないかな。むしろ、自習が自習時間の略だと決めつけられたお蔭で、それを受け入れた生徒だけが寮に入っているのかもしれない。現に、自習時間があるから、寮に入る人も多いみたいだよ」

最後の言葉の意味がよく分からなかった。「自習を強制されるために?」

「三年間『自主的に学習』を続けるのは結構な精神力が要るだろうからね。寮に入る目的が、強制的に『自主的な学習』をさせられるためだというのは、分からないでもない。それを本人が望んだのか、親が望んだのかは別にして」

それがエリート進学校生のものの考え方か。「佐久間君もそうなのか?」

「僕は親元を離れたかったからだけど。他にも、もちろん自宅が遠いから寮に入らざるを得ない人だっていると思うよ。それより僕は新君がどうして寮に入ろうと思ったのかのほうが、よっぽど不思議だな」

「そりゃそうだ」俺は賢い佐久間を出し抜いた気がした。「自分の理由は知ってても、他人の理由は知らないんだから不思議で当たり前だって」

「でも、『自習』の質問をした君を他の寮生が見ていた目付きは、だいたい僕と同じ疑問を抱いていたように見えたけどな」

そう言って笑いながら、佐久間は部屋のドアを開けた。


すでに実家から布団一式と着替えや日用品を運んでおいたが、俺の荷物にはそれらとは別に野球道具があった。

先に立って部屋の奥に進んだ佐久間が不思議そうな顔で振り返ったとき、俺はドア近くの押し入れから着替えを取り出しているところだった。佐久間は再び狭く殺風景な部屋の奥に目を遣った。俺がベッドとは逆の端、東側の机とベランダの間に押し込んでいた金属バットに目を付けたようだ。押し入れに入れるには邪魔になりそうだったから、バットだけ机の向こうに立て掛けておいたのだ。

「新君、あれはなに?」おずおずといった調子で話しかけてきた。

「ん? バットだけど?」俺はそう答えて、もしかすると佐久間は俺が勝手に東側の机を選んでいることに気を悪くしたのかと、とっさに慮《おもんぱか》った。「こっちの机のほうがよかった？」慌てて押し入れを閉めて机の側に向かい、指摘されたそのバットを引き抜いた。

「いや、それは構わないんだけど」繁々《しげしげ》とバットとそれを手に取った俺を見ている彼は、眉を険しく顰めていた。

「どうして、バットがあるのかな？」

「どういうこと？」

「護身用？」更にわけの分からないことを佐久間は言い出した。

「野球用だよ」俺は護身用バットというものを見たことがない。

「それは見て分かるけど……」廊下での整然とした話し口調だった佐久間とは、とても同一人物と思えない狼狽《うろた》えぶりだった。が、気を取り直したのか話題を変えた。

「それより新君、風呂はどうする？」

「少しその辺走ってくるから」とりあえず東側の机をとっていいんだな、と判断して、バットを元の位置に戻し、押し入れに引き返した。「風呂、先入ってていいよ。あんま、気ぃ遣わないでいいから」

「一緒に行ってもいいかな？」

佐久間が寮生活初日に戸惑っているのは、俺もそうだから察しがついた。初めのうちは少しでも、相部屋の友人と一緒にいたいと思ったのだろう。佐久間はどうやら素直な性格のようで、好感が持てた。

まだ日が落ちるには時刻が早く、南向きのベランダに夕陽が射していた。雑然と茂る樹々《きぎ》の間からは、海まで一望できる。

荷物から出したトレーニングウェアに着替えて、軽くその場で屈伸運動してから部屋を出た。佐久間はジーンズにトレーナーだった。

「学校の裏のほうに行ってみようか」俺が水を向けると、「いいよ」と、佐久間は答える。「裏手のほうは行ったことがないから、ちょっと探検してみよう」

おお、頼もしい奴だな、と思いながら腕時計の時刻を確かめた。不案内な道だし、五キロくらい行って引き返してこよう、と目安を決めて走り出した。

学校は市街地から離れた郊外にあり、裏手方向は最寄りの駅からも逆方向だった。坂を下る途中に中学校があるが、まだ春休みなのか人気《ひとけ》がない。走るに連れてだんだん風景が閑散としてくる。車が行き交う海岸線の国道沿いを避けながら、ランニング開始して五分ほど過ぎた地点で――。

佐久間が死にそうな声を出して、俺を呼び止めた。「ちょっと、新君。走るって本当に走るの？」佐久間は少し混乱しているようだった。

「俺、走るって言わなかったっけ？」

「裏手のほうを探索するんじゃないの？」完全に息が上がっていた。

「まぁ、探索も兼ねてだけど。初見の道だし、迷うと困るから」そんな説明をしながら、俺はだんだん申し訳ないような気がしてきた。

佐久間は膝に両手を突き、アスファルトに向かって荒い呼吸をくり返した。「ごめん。勘違いしてた。先に寮に戻ってるよ」チラリと上げたその顔を見ると、滝のような汗が流れていた。佐久間はさらに整えきれずにいる呼吸の間から、絞り出すようにして声を出した。「このトレーニングって、やっぱり受験のためなの？」

俺は足踏みを続けながら、ルームメイトの質問の意味を吟味したが、どう考えてみても判然としなかった。結局、首を傾げて俺は言った。

「受験はもう終わっただろ？」

section ③の３
佐久間登Ⅱ

オリエンテーションは、一年生全クラス合同で箱根の近くにある研修施設において、泊まり込みで行なわれた。キャンプでもするのかと思っていると、そこで実施されたのは、学校説明会と男女混合クラス対抗バレーボール大会だった。わざわざ学校の外でやるようなことではないと、みんな不平を口にしたが、女子部との合同クラスマッチにテンションの上がるクラスメイトもいた。

組ごとの研修には、大部屋や会議室や裏庭などが使われた。男子部１Ｄに割り振られたのは、食堂だった。説明会に参加していると、寮の「自習時間」問題を思い出して憂鬱な眠気に襲われた。

寮生活初日の自習時間の際、俺と佐久間は思い切って、部屋の見回りにきた寮監と宿直教師に、この自習というのはやっぱりおかしくないか、という質問を投げかけてみた。結果は、佐久間の予想通りだった。

「若葉寮《わかば》の生徒は――」と、寮監はかなり大上段から切り込んできた。

若葉寮というのは男子寮の正式名称だ。ちなみに、その後、俺はこの寮をそんな名前で呼ぶ寮生に会ったことがない。同じ敷地内の少し離れた場所に立つ女子寮は、日向《ひなた》寮というらしい。こちらは四年前に新築された綺麗な外観の建物だ。

寮監は言った。「若葉寮の生徒は、自習時間に部屋や自習室からは出ないことが規則だ。トイレ以外では廊下に出ることも許可されていない。どうしてだか分かるか？説明しよう」彼は世の中のあらゆる事象は説明すれば誰もが理解できるのだ、という信念を持っているのか、自信満々だった。「君たちはいま大事な時期にいる発展途上の子供たちだ。私たちはそんな君たちを親御さんからお預かりしている。些細《ささい》な誘惑で、道を踏み外してはならない。私はそういう生徒をこれまでたくさん見てきた。ひとりが自習時間に好きなことをやっていると、他の寮生が自分の勉強に集中できない。全員がひとつのことに向かって邁進《まいしん》できるというのが、寮の利点であり、存在意義なんだ。分かるだろう」

よく分からない。

「では、音楽の勉強をしたくなったら、どうすればいいんですか」佐久間が説明会直後に持ち出した命題を持ち出して、寮監に尋ねた。「ギターのコードを覚えたいけど、他の人の迷惑になると困るから、弾けないわけですよね」

「そんなものは自習時間にすることじゃない」相手は呆れたような口ぶりだ。

「だったら、そういう人はいつギターの練習をすればいいんでしょうか。寮の計画表を見る限り、この寮では朝と夜の自習時間で時間を取られて、何か別のことを自主的に学ぶ時間がどこにもありません」

がんばれーと、俺は心の中で声援を送った。下手に口出しすると、教師たちにつけ込まれる可能性大だったから、情けないが佐久間に任せることにした。

「休日か夏休みにでもやればいいことだろう」寮監はだんだん面倒臭くなってきたのか、説明すればみんな分かるという仮面を脱ぎ始めた。

「先生はギターを練習したことがありますか？」

「いいや」

「ピアノは？」

「とにかく、自習時間はもっと有効なことに使う。分かったか？」

「分かりません」

あまりに強硬に佐久間が食い下がるので、俺は驚きを通り越して心配になってきた。そもそも自習時間にこだわったのは俺であって、佐久間ではない。

「本当に上達したいと思えば、毎日少しの時間でも続けなければできないものです。勉強をしないと言っているのではありません。勉強をするかしないかは本人次第です。僕はこの時間をもっと自由に使ってもいいんじゃないかと思うだけなんです」

連れの宿直教師が名簿のようなものを寮監に見せた。寮監は、何度か短く首を縦に振り、「そうか。君が佐久間登か」と、彼はその宿直教師と佐久間の顔とを見比べながら、ボソリと呟いた。

「君たちのそういう頑固さはご両親譲りなのかね」と、宿直教師が不思議に優しげな微笑を浮かべて問いかけた。君たちに俺が含まれているのかどうかはっきりしなかった。俺は佐久間のご両親から何かを譲られた覚えはない。

はっきりとは分からないものの、その言葉に脅迫めいた厭な香りを感じた俺は、慌てて口を挟んだ。

「野球は毎日の積み重ねが大事です」

佐久間も教師たちも狐《きつね》につままれたような顔で俺を見た。口を出すタイミングを間違ったか。かなり気拙い空気だ。

寮監が咳払《せきばら》いした。

「とにかく、君たちはまだまだ受験の本当の厳しさを分かっていないんだろう。追々身に沁《し》みてくるだろうからくどくどとは言わないが、音楽やスポーツに託《かこ》つけて自習時間を潰すようなことは許されていない。それらは遊びだ。勉強は遊び半分でやることじゃない。いいな」

「君たちの言い分もよく分かるんだけどね」やや若い宿直教師が優しげな口を挟んだ。

「でも、君たちはプロのピアニストになりたくて、海應に入学したのか？　違うだろう？」

そうですよ俺は甲子園に行きたくてこの高校を受験したんですよ。と、いっそ大々的に喧伝《けんでん》したかった。佐久間はもう少し理知的な言い方をした。

「入学したばかりの僕たちに、大学受験以外のものを見てはならないというのは、可能性を潰すということになりませんか？」

そろそろ、話が噛み合わなくなってきた。

「目の前の目標から目を逸らさずにいることが、海應高校の生徒の務めだ。君たちの目前の目標とはなんだ？」と、寮監が逆質問する。

なんだろう。野球部を捜すこととメガネ君Cを追い払うことが俺の直近の目標なのだが……。首を傾げた佐久間が俺のほうに目を寄越した。

「二年時のクラス編成で上のクラスに入ることだろ？　この若葉寮の生徒の大半は、S進コースに入る。入学したてのいまの時期だからそんな甘いことも言っていられるが、競争はもう始まっているということがすぐに分かってくるだろう」最後は厳かな口ぶりで寮監はまとめた。

教師ふたりが出て行って、隣の部屋に入ったという気配を壁越しに感じたとき、

「こういうとこみたいだね、この寮」佐久間はケロッとした顔で笑った。

最前の言い争いなどパフォーマンスに過ぎないとでも言いたげな、なんでもない表情だった。厭味なくらいに爽やかな奴だ。俺はつられるように苦笑した。俺の自習に対する疑問などここでは何の意味もないと解説する代わりに、佐久間は分かりやすく教師を誘導しただけ。きっと彼自身は自習時間に外出できようができまいが、どっちでもいいのだ。

この夜の俺は、寮監の言ったS進コースが何の略なのかさえ知らなかった。なんとなく理解したのは、オリエンテーションで学校説明の講習を受けたときだ。二年に進級する際にクラス替えがあるらしい。大学受験に備えて国公立・私立、文系・理系の

順列組み合わせの希望クラスを選択するのだが、その他に特別クラスがある。それが、S進学コースだった。Sはスーパーかスペシャルの略だろう。S組と一般の進学組とでは授業の密度が違うらしいが、俺が理解したのは、そこまでだ。途中で眠ってしまったから。

寮生活初日の夜、佐久間のお蔭で幾つかの問題に答えが出た。俺たちには、目の前の目標が最初から与えられている。S進コースへ進級すること。そのレールから外れないため、他人の邪魔をしないため、自習時間は必須であること。

さて、困ったことになった。この部屋では、素振りするスペースもないぞ。

研修所の食堂が寮の食堂を想起させ、半分意識が夢の中を彷徨《さまよ》っていたとき、四年前の夏の神奈川県大会で海應高校野球部がベスト16まで勝ち残ったという声が耳に飛び込んできた。俺はギョッとして顔を上げた。話しているのは、D組の担任だ。そうか、調べてくれたのか。担任は俺の顔を見て薄く笑っていたが、勝ち誇るほど質の高い情報じゃないだろ？　それでも、ベスト16という野球部の経歴は、ちょっと予想外だった。

泊まり込みの研修中も、できるだけのトレーニングは行なった。二日目のこの日は、バレーボール大会決勝が終わった午後五時過ぎから夕食までが自由時間だった。いまのうちに少しランニングしておこうと思い立ち、クラスに宛てがわれた大部屋から、身体《からだ》を和らげながら抜け出した。施設表門から先は行きのバスが上ってきた山道、建物裏手はハイキングコースだった。山を切り開いて作った人工的な森に、野鳥や野《の》兎《うさぎ》が棲息《せいそく》しているらしい。初日は表門側の山道をランニングコースに選択し、曲がりくねった狭い車道の思わぬ交通量の多さに身の危険を感じた俺は、今回は裏手へ回ることにした。学校指定の濃い緑色のジャージを着たまま駆け出した。

時間の感覚を失わせるような、どこまでも続く緑のトンネルにたちまち溶け込んでゆく。少し感動的な光景だった。チチチ、と微《かす》かに鳴く鳥の声が澄んだ空気を揺らす。噎《む》せ返るような春の草いきれを吸い込みながら、これから先の高校生活に早くも憂鬱を募らせていた所為もあって、ここぞとばかりに解放感に浸りきった。

しばらく走っていると、眼下に広がるグラウンドが見えてきた。思わず息が詰まって、慌ててなだらかな丘陵を駆け下りた。誰もいないグラウンドは周囲をフェンスに囲まれ、出入口に南京錠《ナンキンじょう》が掛かっていた。久しぶりに野球のグラウンドを見た気がして、フェンスにしがみついた。マウンド、バックネット、ホームベース。ダイヤモンドを走るどころか、足を踏み入れてさえいないのに、俺のテンションはここにもグラウンドがあるという実感だけで、一気に上昇した。

研修所に戻ると、野鳥にも山歩きにもランニングにも関心のない生徒が男子女子入り乱れて、同じ緑色のジャージを着たまま、裏庭に据え置かれた丸太で作った幾つかのテーブルの周囲で談笑していた。妙な宗教団体のように見えて少し変だったが、言うまでもなく俺もお揃いのジャージ姿だ。途中で調子に乗り過ぎてペース配分が狂った俺は、息も絶え絶えな状態で足を進めた。汗でびっしょりだった。

呼吸を乱しながらクールダウンしている俺を見付けて、「どこで雨に打たれた」と笑ったのは、自前のジャージを着ている1Dの担任だ。周囲に同じクラスの生徒の姿が二三見えた。さっさと部屋に戻ろうとする俺を慌てるような早口で呼び止めたのは、佐久間だった。彼のグループには、見覚えのある顔がちらほらあった。

「新君、さっきから捜してたんだよ」と、側に駆け寄ってきた佐久間が言った。俺は呼吸が整わず、ろくに返事ができない。「走ってたの？」たとえ呆れていてもいっそ感動しているように聞こえる言い方は、きっと彼の持ち味だ。

ちなみにこの日、レクリエーションのバレーボール決勝で1Dが優勝し、バレー部顧問の1G担任から、熱烈なスカウトを受けた俺だった。

「ペースが乱れた」深呼吸しながら、言わずもがなの言い訳をする。

「そのようだね」どうやら二日前の自分を思い出したらしい佐久間が苦笑した。

ようやく息が整ってきて、「捜してた?」と尋ねると、佐久間はにっこりと頷き、さっきまで陣取っていた丸太机へ俺を誘った。歩いているうちに呼吸は落ち着いてきたが、それでもテーブルを囲んだ七八人ほどの男女は、髪の先からさえ汗を流している俺を、奇妙なものでも見るように注視した。

「紹介するよ。みんなうちの中学から上がった人たち。船田《ふなだ》は同じクラスだから知ってるよね。こっちは女子部D組の皆川《みながわ》さんと坂井《さかい》さん」

皆川という女はバレー大会で同じチームだった。坂井はそのバレー大会の応援で見かけたが、ほとんど初対面だ。もっとも、同じクラスの船田にしろまだ顔を知っているという程度でしかない。

同じ中学から進学したということもあるのか、と初めてそんな、特に不思議でもない可能性に思い至って、うちの中学出身者はいるのだろうか、と周囲を見回してしまった。が、真剣に捜したのではなかった。

「こっちから女子部C組の林《はやし》さん、E組の館林《たてばやし》さん。それからB組の森吉《もりよし》君、F組の陣内《じんない》、B組の明神《みょうじん》」佐久間は時計回りに紹介し、最後に俺の眼下に座っていた男に掌《て》を向けて、「彼がA組の岩田《いわた》君。うちの中学の秀才君」

俺はその岩田を見ていたが、相手は目を合わせようとしない。耳に掛かる程度の、将来が若干心配な薄めの髪が風に吹かれて微かに揺れていた。撫で肩の細い肩幅にひょろりとした腕。

「で、こちら」と、背後に回った佐久間が恭しく俺の両肩に手を置いて、「俺のルームメイトの新君。みんな、さっきのバレー見てたから知ってるよね」

「よろしく」と連中が口々に言い、俺も反射的に「あ、よろしく」と、顎を引くように会釈した。紹介されたものの、やはり意図がよく分からなかった。

ついさっきまで体育施設で一緒にプレイしていた皆川が含みのある笑顔で俺を見て、「バレーは大活躍だったね」と言った。短髪で如何にもスポーツ少女といった感じのする地黒の女子だった。「そちらこそ」と、俺は受けた。

それから、佐久間に目を遣った。「とにかく座って」と、佐久間は俺を自分と岩田の間に座らせた。一同はやはり品定めするようにこちらを見ている。

――そのときだった。

皆川の隣に座っていた坂井という女子が無言のまま、余所見《よそみ》していた俺の不意を突いて何か投げてきた。反射的に左手を上げて、顔面直撃しそうな直方体の物体を受けた。パックコーヒーだった。角が掌に突き刺さって、ちょっと痛かった。広い額と大きな目が印象的な坂井は、唇を押さえて、笑いを堪《こら》えている。皆川が彼女の腕を小突いていた。

こいつ、いま俺の顔を狙ったぞ。目顔で訴えるように佐久間を見たが、彼はその現場を目撃していなかった。

「あげる。喉渇いてるでしょ」微笑む口元に八重歯が見えた。

「坂井さん、優しいね」と、佐久間が感心したように言う。

待てぇ。こいつはいま俺にこれを投げつけたんだぞ。

「お礼聞いてないんだけど」

呻き声が洩れそうになって、必死に堪えた。この女、俺にケンカを売っているのか。佐久間がなにかを察したような目付きでこちらを見ていた。俺は顎を上げるように会釈をして、「どうも」と言った。

吹き出すように笑い出したのは、同じクラスの船田だった。いまの様子を見ていたはずなのに、まったくどうでもいいことを言い出した。「うちの母が君のお母さんに聞いたって話をみんなにしてたんだ。君、塾に通ってなくて、しかも中学はずっと野球部にいて、受験勉強を始めたのも中三の夏からなんだって？　それでよく高等部入試に受かったよな」別の誰かが相槌を打って、「でも高校組っぽくないよね。溶け込むの大変だろう」

「……高校組？」何の話だ？

「俺たち、みんな中学から海應だったんだよ」

情報が巧《うま》く整理できず、俺は助けを求めるように佐久間を見た。

「中高一貫校だよ、海應は。坂の途中に学校あるだろ。あれが海應中学」佐久間が穏やかに説明してくれた。「中学入ったときはみんな成績いいんだけど、だんだん勉強しなくなるんだよね。だから、新君みたいに高校受験してきた人のほうが努力してるよ」

船田が戯《おど》けたように言う。「そんな成績優秀な人材が佐久間とルームメイトだっていうから——」

A組の岩田が話の途中から割り込んで、落ち着いた口調で話しかけてきた。「君は、どういう目的でこの学校を選んだ？」

答える気はなかった。

だって、それを俺に訊くのは可哀想《かわいそう》だろ。

ストローをパックに突き刺し、ラベルを隠すように両手で握って、一気に吸い上げる。岩田はしばらく待ってから、また喋り出した。

「学歴というなら、社会に出てものを言うのは最終学歴だ。高校は通過点に過ぎない。東大に行きたいだけなら、うちでなくてもいい。自分に自信があれば、レベルの低い高校でも東大に合格できる」

なにを言っているのかよく分からないし、やたら年寄り臭い感じがして、ちょっと危うい髪の生え際をチラリと窺った。

「おいしい？」話の流れを全く無視して坂井が尋ねてきたが、俺は無視した。

岩田は話を中断されても気に掛けず、淡々と語り続ける。「君には理解できないかもしれないが、中等部からの進学組は、既得権益に固執しているような連中だ。高等部に進学できるから努力しない所為で、中等部受験時に比べて、格段に学力が落ちている。この学校は長くいればいるほどバカになっていくんだ。高校組との偏差値の差は五から六くらいあるからな。なにがいいたいかと言うと、俺たちの周りにはろくな奴がいないってことだ。そして、そういう奴ほど自分たちの群れに籠もって、高校組を排除しようとする。君自身、もう気付いているだろうけど」

まったく気付かなかった。ということは、俺はクラスメイトにシカトされてるのか？　ふと、合格発表の日に必死になって友達を募っていたメガネ君Cの姿が思い出された。

「俺はそんなつもり全然ないから」と、船田が微笑む。

「幾ら海應に籍を置いていようと、全員が東大に進学することは有り得ない。進路は他の国立大や私立にも分かれるし、文系、理系でも分かれる。建前論かもしれないが、それぞれの大学にそれぞれ強い専門分野があるんだから、一概に東大が一番とは言えない」

「でも、岩田は東大志望だろ」と、誰かが冷やかした。

「おいしいかどうか訊いてるんですけど」と、坂井がしつこく訊いてきた。

「もし仮に俺が東大に合格したとして、そして仮に東大で出会う知性が日本で最も優秀なものであるとしても、たった一度の入試でそこまで能力に差が出るのかさえ、疑問だな。それぞれに得意科目も違うのに、同じ入試問題から正確な知性レベルを選別できるものだろうか。それならむしろ、日本で最も優秀だと言われている高校で、三年間最高のカリキュラムを経てきた人材のほうが、社会に出てからも有能である蓋然性が高いと言えないだろうか。東大で培う人脈が社会的ステータスの高いものであっても、必然的に、他大学との相互交流の得られない閉じたものにならざるを得ないのなら、俺はそれをこそ危惧している。人脈は大事だ。優秀な友人は特に。それは大学入試では測定しきれないものかもしれない。その点、海應高校からは様々な大学へ進学してゆく。近い将来、それぞれの間で交流が持てれば、こうしたネットワークは、将来、必ず俺たちみんなの役に立つんじゃないだろうか。こうした横の繫《つな》がりは、必ず、この国の役にも立つ。ネットワークは高校時代に培えるものだと、俺は思っている。つまり、俺が海應を選んだのは、学歴の本当の強みが縦の繫がりでなく、横の繫がりだと思うからだ。そのために、良い刺激は求めていくべきだ」

だんだん岩田が世界征服を目論《もくろ》んでいる悪の秘密結社の総統かなにかのように見えてきて、つい笑ってしまいそうになった。けれど、結局のところ、彼がいったい何の心配をしているのか俺には分からなかった。

「もう全部飲んだの?」坂井ひとりだけ非常に場違いな感じだった。不本意ながら、その間抜けぶりに親近感を抱いたけれど、質問には断固として答えない。

「あなたはエリートをどういうふうに捉えてる?」と、今度は俺の正面にいた女子部C組の林という女が、身を乗り出して尋ねてきた。縁なしメガネが夕陽に照って目の色が見えなかったが、喋ると出っ歯であることがバレた。

「日本には本物のエリートが存在しないってよくいうよね? 優秀な人材は数多くいるのに、彼らがエリートと呼ばれないのはどうしてかと考えてみたの」

そんなことを考える十五歳女子は厭だな、と密かに思った。彼女は秘密結社の秘書だろうか。

「私が思うに、社会に知的階層というものが十分にネット化されていないからじゃないかな。競争と言うと、どうしても縦の目線で見ようとする。戦後日本の中流思想というのは、悪《あ》しき意味での徒弟制度の名残よ。受験だって分かりやすい徒弟制度だし、ゆとり教育なんて、この徒弟関係をご破算にしてみましょうってことでしかなかった。アメリカ的な自由競争主義と日本的な徒弟制度は必ず衝突してしまう。競争は必要だと、私も思うよ。でも、狭い領域で上に這《は》い上がることばかりに囚われて、異なる分野の才能との交流を軽視するのでは、真のエリート層は開拓できない。真の競争とは、異分野間において行なわれるものであるはずだから。言っておくけど、これ、切磋琢《せっさたく》磨《ま》なんて話じゃないから。それぞれがそれぞれの分野でベストを尽くすってこと。そして、それぞれが有効に機能するためのネットを構築する必要があるってこと。人文、科学、芸術、全てを包括するエリートのネットワーク。受験というのは平均点を争っているだけで、そんなのが有効なのは、せいぜい高校受験までじゃない？　教育というのは、基本的に私たちの知性をバカにし過ぎていると思わない？」

「エリートという自覚を持つことは大切だ」男子部F組の陣内が言った。「それは金では交換できないと知るべきだ」

プライスレス、と叫びたくなるのを俺が懸命に堪えていると、「まさにプライスレス」と、真顔で男子部B組の森吉が言った。

「基礎学力を競うのが受験なら、あたしたちは高校組をリスペクトしなくちゃ」と、女子部E組の館林が言った。

「そんな子供みたいに慌てて飲まなくてもいいのに」と、女子部D組の坂井が言った。

連中がなにを言っているのかさっぱり分からないまま、そろそろ日が暮れ始めていた。裏庭にいた生徒たちの数も少しずつ少なくなっているから、夕食時間が近付いているのだろう。俺は飯を食いそびれることをとても怖《おそ》れた。汗を掻いたから、少し肌寒くもあった。

「サークルを作ろうと思うんだ」ようやく佐久間が言った。「面白い仲間で勉強会のようなものができればと思って」

えっと、それは世界を大いに盛り上げるための佐久間登の団、ではないよね。

「新君も言ってただろ。受験はもう終わったって」

切れ長の岩田の目が輝いているように見えた。岩田だけではなかった。爛々《らんらん》と輝きを増した野心的な視線が俺に集中していた。口々に「なるほど、高校組らしい」とか「その考え方、大事だよ」といった、曖昧すぎて俺にはさっぱり共有できない相槌を何人かが入れている。よく分からないが、たぶんお前らはなにか勘違いしている。大きく勘違いしている。とにかく、これ以上未来が野球から遠のいてゆくのを食い止めるために、「いや、俺は――」と言いかけたとき、ひとりだけ醒《さ》めた感じの坂井が、やけに馴れ馴れしい口調で、気持ちを代弁してくれた。

「でもこの人、野球部入るんじゃないの？」

途端にテーブルを囲んだ全員が、意味が分からないという顔をして俺を見た。かくいう俺も驚いて坂井を見た。どこからそんな情報を入手したんだ？

それぞれがそれぞれの思惑に囚われて一瞬の空白ができたそのとき、ちょうどメガネ君Cが裏庭に現れて、「どこ行ってたんだよ。真之介、捜してたんだよ」と、キレ気味の叫び声を上げた。

メガネ君Cの出現で油断した坂井の隙を、俺は見逃さなかった。握り締めていたコーヒーの紙パックを、彼女の広いデコっぱち目掛けてクイックモーションで全力投球した。クリティカルヒット！気持ちいいくらいに彼女の首が後ろ向きに仰《の》け反《ぞ》った。

「ゲェ、最低。信じられないんですけど！」坂井が叫び声を上げて、ようやく俺は溜《りゅう》飲《いん》を下げた。中身が微妙に残っていて、彼女のジャージに垂れていた。

「新君が野球部に入るなんてつまんないジョークを言うからだよ」船田が俺に目配せ

しながら、まるで代弁者のような態度で言った。

　佐久間が俺をその怪しい勉強会に強いて勧誘することはなかった。寮に戻ってからは、サークルの話さえ出なかった。

　金属バットは机の脇に立てかけられて、まだ素振りの機会を得られなかったが、消灯前にベッドの下に置いていた鉄アレイを引き出して筋トレを始めると、「どこに隠してた？」と、佐久間が腹を抱えて笑い転げた。

　その佐久間は毎晩、就寝までスペイン語の勉強をしている。最初は何をやっているのか分からず、いきなり謎の発音練習を始められて、俺の心は冷えついた。それにしても、こいつはスペイン語なんていつどこで使うつもりなのか。センター試験の選択外国語にスペイン語がないことはメガネ君Cに確認していた。佐久間は自習時間を過ぎても机に向かっているほど、勉強好きな奴だった。つまり、佐久間には自習時間の問題など最初から、本当に無関係だったのだ。

　教材を仕舞って就寝準備に入った佐久間は、ベッドに腰掛けて筋トレ中の俺に話しかけてきた。「野球部には入部したの？」

「いいやまだ。ここんとこ、テスト続きだろ。それどころじゃなくて」

「あんなテストしないで、さっさと授業に入ればいいのにね」佐久間は心底からそう思っているような口ぶりで言った。さすが勉強好きは言うことが違う。「岩田君がさ、A組の岩田。オリエンテーションのときに紹介したけど、覚えてるかな？」

「覚えてるよ」会話を続けるのが少しつらくなってきたが、鉄アレイは下ろさない。

「どうして海應に入ったか、訊いてきた奴だろ」

「そう、彼。あのとき、人脈作りのためだとか言ってただろ。あれ、どう思う？」

「どうって？」

「彼の現実認識はかなり甘いと思わない？」

俺は鉄アレイを左手に持ち替えて、佐久間を見た。佐久間はちょっと微笑んで、それから試すようなまなざしで、俺の目を覗き込んでくる。

オリエンテーションから戻った翌日の初授業は、一限の国語総合から六限の理科基礎まで全教科、抜き打ちテストだった。

「せっかく受験勉強したのに、入学した途端に覚えたことを忘れる人がいますからね。皆さんの現時点での実力を知るために、今日はテストにします」ざわめきが起こったが、ブーイングとまではいかなかった。

受験のために記憶した内容など、合格発表を機に悉く忘れた俺だった。

「このテストはクラス編成に影響するんですか」と、メガネ君Aが起立して尋ねた。つまりそれがS進学コースのことだろう。ずいぶん気の早い男だ。「ただの実力テストですから、影響はありませんよ」と、国語教師は苦笑しながら断言した。クラスの連中は安心したように、また少しざわめく。しかし、誰もその実力テストが全教科に亘って実施されるとは、その時点では想像していなかった。

この抜き打ちテスト期間中のことだが、やたら落ち込んでいたメガネ君Cが、よく分からない情報を持ってやってきた。

「A組とB組はもうS進を見据えて授業をしているみたいだよ。特別クラスに入るのは、一年の上位二クラスの生徒がほとんどだから、本当かもしれない」

「上位二クラス?」またも不思議な話に直面して、俺は置いてけぼりを食わされる。

「まさか真之介。まだ分かってないのか?」相変わらず上からものを言ってくるメガネ君Cだ。「いまの僕たちの組分けは入試のときの成績順に並べられているって話だよ」

「それは、そういう噂だろ」低い声で割って入ったのは、すぐ後ろの席の井上《いのうえ》だった。小学生の頃から剣道をやっていたというやけにがたいのいい男で、高校でも剣道部に入るつもりでいた。オリエンテーションのとき、一緒に野球部に入るように勧めたのに、にべもなく断られた。その井上が、呆れたような口調で続けた。「いい加減なことをあんまり言いふらすなよ。ただでさえクラス分けにはナーバスになってる奴が多いんだから」

とりあえず井上に頷いた。そうだぞ、メガネ君。

「いい加減なことじゃないよ。初日に担任が言っただろ。『君たちはいまD組だ』って。あれは僕たちのレベルがD評価だって意味だぞ！」メガネ君は不自然なまでに身を乗り出してきた。「だから、僕たちはすでに出遅れてるんだ」

文句が言いたいなら、直接井上に言えよ。

「だけど、バカな話だな。授業がきつくなるだけなのに、特別クラスなんてみんな本気で入りたいのかね」

「なに言ってるんだよ、真之介は！　そんなカッコつけた言い方したって、僕は騙《だま》されないからな」

会話を傍観して笑っていた井上が、変に大人びた低い声で窘《たしな》める。「お前ら、いまから一年先のことまで考えてもしょうがなくないか？」

「一年先じゃなくて、三年先のことだよ」メガネ君Cはまた俺に向かって唾を飛ばしたが、唐突に寂しそうな態度になって、「もしもだよ。もしもA組と僕たちの授業が違っていたとしたら、二年でS進に入ってもついていけないいんじゃないかと思うんだ」

いったい何の心配をしているんだ、こいつは？

「つまり？」俺は彼を促すために相槌を打つ。一刻も早く喋りたいことだけを喋り終えて、立ち去ってくれ。

「当然だろ！」メガネ君Cはまた居丈高な態度に戻った。何かに苛立っているようにも見えたが、その原因もまた謎だ。「一年の間にカリキュラムに差が出たら、二年になって上のクラスにいても授業についていけなくなるからだ。そりゃもちろん授業でやる前に塾で教えてもらうから、補ってはいけるけど」

「塾？」メガネ君の話によれば、海應生である以上、塾は必須の七限目ということだった。そう言えば、似たような話を入学式当日に母ちゃんから聞かされた記憶があった。

「とにかく、真之介も少しは焦ったほうがいいぞ」

井上を振り返ると、俺と似たような表情だったから救われたが、まかり間違ってS進コースに配属されて、クラスメイトがメガネ君Cみたいな連中ばかりだったらどうしよう、と俺は一年後の自分に妙な不安を抱いた。

俺の席は廊下側先頭の席だから、ドア脇にある。人の交通量が多く、たぶんクラスメイトの顔を覚えるには最適な場所だろう。実際に、俺は二日ほどこの席にいる間に大抵覚えた。

そのなかには、クラスメイトでもないのに覚えてしまった顔もあった。例えば、開け放しの窓から覗き込んでくるデコッパチ、佐久間一派の坂井麻央《まお》がそれだ。

男子部一般棟二階の廊下で最初に女子の姿を見たとき、俺はかなり大袈裟に眉を顰めた。スカート姿の制服をこの廊下で見るなんて有り得ないと思っていたからだ。ところが、一週間もすると、それは謎でもなんでもなくなった。

現在、女子部敷地内の食堂が改装中で、女子も男子部の食堂棟を利用している。女子部は男子部よりも奥まった場所に建てられた校舎を利用しているが、そこから食堂棟へゆくには、男子部一般棟を通るとかなりの近道になるらしい。だから、昼休みになると、当たり前のように女子の制服姿が廊下を行き来しているのだった。

こんなことならさっさと共学にすればいいのに、モラルの問題がどうこうという前時代的な校風のために、名義上は海應高と海應女子高というふたつの高校が広い敷地内に共存することになっていた。佐久間の話によると、「五年前に海應と日乃出《ひので》女子が合併した」のだそうだ。「日乃出女子は合併当時、女子の東大進学率が全国二位だった私立高校」で、「東大進学者数が落ちてきた海應高が打開策として、日乃出女子と提携することにした」のだそうだ。つまり、寮監やD組担任が口を酸っぱくして俺たちに聞かせる「東大進学全国一位」のからくりは、旧海應高校と旧日乃出女子高校の進学者数の総数だという話だった。合併以前にまで遡《さかのぼ》って東大進学全国一位を喧伝しているのだから、なかなか面の皮の厚い高校だった。それでも、全国で最も東大に近い高校は海應だという評判は根強いし、学校偏差値も合併後に上昇しているという。

坂井麻央は、最初こそ廊下から窓越しに「野球部入った？」と、いきなり声を掛けてきて俺をびっくりさせるだけだったのに、いつの間にか教室に侵入するようになって、俺の真隣、出席番号九番錦城《きんじょう》の席に腰を据えて生産性のない話をするようになった。錦城は昼休みを図書館で過ごすライフスタイルに徹しているらしく、その時間はいつも空席だった。無口な彼とはほとんど話をしないから、俺はこのところ、そこが坂井の席のような錯覚さえ覚えている。

メガネ君Cが俺に焦りがないと詰《なじ》ったこの昼休みも、錦城の席に陣取っていた坂井がいつものように部活の話題を振ってきて、これもいつものようにまったく何気ない口ぶりの井上が受けて、すでに剣道部に入部したことを明らかにした。

俺は出遅れてる、と激しく思った。

俺が坂井や井上と会話している間に、メガネ君Cは大仰な溜息を吐いて側を離れ、机の角に腰をぶつけながら、自分の席に戻っていった。

当たり前のように男子部の教室にいる別の女子が仰々しく顔を歪めて、「あいつ、マジキモくない？」と、囁いてきた。藤木《ふじき》という名前の、坂井と仲がいい女なのだが、それは俺に同意を求めているのか？　あえて口にしなくても、メガネ君Cが気持ち悪いのは一目瞭然じゃないか。そうかこの女バカだな、と思っていると、クラスメイトの誰彼からも、「キモイ」「キモイ」と同意する声が二三上がって、ああこいつらバカばかりだったか、とげんなりした。それはともかく、女子がクラスに現れたときだけ俺周辺の人口密度が上がるのは、迷惑な話だった。

「新君は本当に野球部に入るのか？」メガネ君Cに代わって、メガネ君Aが寄ってきた。席の周りにはすでにメガネ君Fとメガネ君Jがいて、メガネが飽和状態だったから、メガネ君Aにはひと味違うキャラであることを期待したい。例えば、中学時代は県のホームランキングだったとか。でも、この腕の細さじゃ期待薄だ。「もしかして、山田も一緒に野球部に入るのか？」

「あいつが野球なんてするわけないだろ」と、メガネ君Fが言った。いや、こいつはJだっけ？　で、山田というのは誰だ？

「でも、気を付けないとな。俺の経験から言うと、ああいう奴はそのうちクラスで孤立して、勉強に精励し始めるんだ。進学校でのいじめは、結局自分の足元を掬《すく》うことになるから、適度に声を掛けて、こっそり勉強したりしないように気を付けておかないとダメだぞ」

おお、なかなか腹黒いメガネ君だな。と感心し、その適度に声を掛ける役は誰なんだ、という疑念には気付かないふりをした。井上が俺の心の動きを読んだかのように、含み笑いをしている。

「どういうこと？」と、誰かが尋ねる。

「初日に担任が言っただろ、俺たちはいまDランクなんだぞ」

またこの話だ。俺はとてももの言いたげな目を井上に向けたが、井上は小さく首を横に振っただけで、もう何も言わなかった。担任は俺たちがDランクとは言っていないが、きっとメガネ君たちにはそう聞こえたのだろう。

「この学校は成績順にクラス分けされてるんだ。当然、上のクラスのほうが濃密な授業になって、進学率がグンと上がる。二年のS進と普通の進学コースじゃもっと差が開くことになるよな」メガネ君Aの熱弁の最中に、井上が手刀で俺の肩甲骨の辺りを突いた。痛いよ、剣道バカ。「自分の成績が良くても、他の奴がそれより上だったら、自分がクラス分けで落とされる可能性が出てくる。天国と地獄は紙一重だからな、抜け駆けしそうな奴には、最初から気を付けていかないと」

井上に突かれた背を押さえながら、中学の頃の山下や佐藤を思い出す。どこにでも、似たような考え方をする連中はいるようだ。

「なるほどね」と誰かが相槌を打つ。

「だからこそ、俺は君たちが部活動に刻苦精励することをとても応援したい気分なんだ。山田にもぜひ、新君と一緒に野球をやって欲しいと思っている。そういうクラスメイトとなら、腹を割って仲良くできるから。ギスギスしないでやっていきたいもんな」

「部活してれば、あなたの眼中でなくなるから？」それまで黙りこくっていた坂井が、彼を見ていた。大きな目が半分になっている。軽蔑を顕《あらわ》すにはもってこいの両目だ。

注意・あなたを軽蔑のまなざしで見ることがあります、とPL法に則《のっと》ってデコッパチに注意書きを貼り付けなくちゃなと思いながら、俺はやっぱりいい加減なことを口走っていた。

「結局、君は自分が嫌われていじめにあってガリ勉君になって成績上げて、ひとり抜け駆けして上のクラスに行きたいから、わざわざそんな意地の悪い、腹黒いことを俺たちに話してんの？　俺の経験から言えば、真っ先にいじめられるのは、お前みたいな奴なんだけど」

メガネ君Aはギョッとしたような顔つきになって絶句した。

「なるほど」と、また誰かが言った。

彼は憎々しげに舌打ちしながら、俺の席を離れていった。その後ろ姿を見送りながら、誰かがひそひそと囁いた。

「新君、あんまり追い詰めちゃダメだよ。孤立して抜け駆けされたらどうするんだよ」

もしも冗談で言っているのなら、真顔で責めるのはやめて欲しい。

「佐久間のクラスは仲がいい？」

左手で鉄アレイを持ち上げる俺は、その腕に目を落としたまま尋ねた。ルームメイトは背凭《せもた》れに身を投げて、溜息を吐いた。

「うちはもうテストって聞いただけでギスギスしてるよ。入試の成績順でE評価されたんだから、内心、面白くはないよね」

ふたりのメガネ君が言っていた予断も、佐久間が言うと本当のように聞こえる。

「お前もそうなの？」

「そういう気持ちはもちろんあるよ。新君に負けてるんだから」

佐久間はにこやかに笑った。確かに入試順のクラス分けなら、俺は佐久間よりも点が上だったということか。よく分からなくなって、会話を有耶無耶《うやむや》にするように吐き捨てた。「だったら、スペイン語なんかやってる時間ないだろ」左腕の筋力が右に比べて弱いようだ。

「今回の実力テストは内申に関係ないし、慌てて詰め込み勉強やったって、無駄な努力。それに、いまやってたのはスペイン語じゃなくて、イタリア語」

佐久間の声は言い訳にも強がりにも聞こえないから、不思議だ。というか、こいつはスペイン語とイタリア語を並行して自習しているのか？

「効率の問題だよ」と、佐久間は言った。

俺は鉄アレイを元の場所に隠して、ベッドに横になった。目を閉じて呼吸を整えながらなにか気の利いたことを言ってやろうと思ったが、ぼんやり呟いたのは、全く関係ないことだった。

「そう言えば、佐久間ってキャッチボールしたことある？」

「あると思う？」

正直に言えば、俺は日本で生まれ育った高校生男子がキャッチボールを一度もしたことがないという事実を、どうしても受け入れることができない。

「最初の日に新君がランニングをしなければ、僕の人生は違う方向に進んでいたかもしれない」と、佐久間は呟くように言った。

なんだよ、それは？

section ③の 4
ファーストコンタクト

佐久間ほど割り切った考え方のできない俺には悪夢としか言いようのない実力テス

ト週間も終了して、通常授業が始まった四月半ばの放課後だった。

とんでもない早口で喋る化学教師の授業が終わって、出口に最も近い俺は、鞄《かばん》をひっ摑んで教室から逃げ出した。というより、メガネ君Cから逃げた。テストが終わったその日から、メガネ君は俺の後を執拗につけてくる。出席番号が最初の俺と最後のメガネ君の席は、彼が運命と呼んだ偶然のお蔭で、クラスで最も遠い対角線の両端に位置している。この運命的な距離の遠さを、メガネ君は多大な熱意を持って詰めてくるのだが、俺は野球部を捜さなければならなかった。これ以上、邪魔をさせるわけにはいかない。

相模湾を見下ろす高台に、広大な敷地面積を誇る海應高校。受験で訪れたとき、グラウンドの広さにもかなりの期待ができると（そのときはここが海鵬学園だと思い込んでいたから）ワクワクした。

どんな高校でも野球部のひとつやふたつはあるだろう。そう当て込んでいたし、あの「カキーン！」という打撃音が聞こえてこない高校など日本全国探してもどこにもないと本気で思っていた。だが、入学以来、校内を彷徨いながら俺が覚えた違和感の正体は、その「カキーン！」がまったく聞こえてこなかったからだと、最近になって気が付いた。野球部はどこで練習しているのだろう？

各教室が入っている一般棟を出て、広い敷地のどこから捜していこうか、と立ち止まっていると、メガネ君Cに摑まってしまった。

「僕、今日は塾がないから、真之介に付き合えるよ」と、まるで俺がそれを望んでいるかのような態度で、彼は言った。

それでも、何かの役には立つかもしれないと思い直して、「この高校に詳しいのか？」と尋ねてみた。

「なんでも訊いてよ」待ってましたと言わんばかりの即答だ。「僕は小学生のときから海應一本で目指してきたんだから、かなり詳しいよ」

俺は小学生のときから海鵬一本で目指してきたけど、かなり詳しくない。だから、彼の言うことをあまり本気にしない。

吹奏楽部のものと思われる管楽器の音が敷地内に響いていた。寮の方角からは、剣道部の叫び声も聞こえる。寮の脇に柔剣道場があるのは、体育の授業で使うから知っている。「野球部はどこにいるんだろうな？」

「グラウンドなら」と彼は言って、細い腕を伸ばしてへっぴり腰で指差した。何をするにも様にならない男だ。

メガネ君Cが指差した方角に、グラウンドは存在する。それは俺もチェック済みだった。しかし、そのグラウンドはまるで砂漠のようなのだ。一般棟から少し離れた場所にある低地を均《なら》しただけの空地は、手入れされている様子がまるでなかった。ところどころが凸凹していたし、もちろんピッチャーマウンドなどない。備え付けのベースもなく、バックネットもない。周囲をフェンスで覆われただけの、まるで幽霊が出ると噂が立って取り壊されたマンション跡地のような寒々しさだ。

この日も俺たちが着いてみると、誰もいなかった。ああ、やっぱり砂漠だ。俺は砂漠に置いていかれたよ、沢登。

「まだ時間が早いからだよ、これは」と、メガネが何の確証もないのに断言した。遠くの校舎に張り付いている時計は、午後四時三十五分を指していた。待っていたら、部員が来るのだろうか。俺は「カキーン」の聞こえないこの高校に、まったく信用が置けなかった。

「やっぱり部室棟を探そう」力ない声で俺は言った。やることが増えて、メガネ君Cは嬉しそうだ。

運動部の部室はグラウンドの近くにあると思っていたのだが、すれ違う先輩たちに聞き込みをしながら発見した部室棟は、一般棟から少し離れた西側の隅で二列に並んだ長屋だった。ちょうど寮と一般棟の中間地点に当たる建物で、確かに通学の行き帰りにこの建物は目にしていた。

表札をひとつひとつ確かめながら、野球部を探した。水泳部、サッカー部、ホッケー部、ラグビー部、バスケ部、陸上部、柔道部、剣道部――。意外と普通に体育会系のクラブが揃っていた。野球部は長屋南端の一室だった。

念のために、ドアをノックした。返事はない。時刻が早いとは思わないが、部室棟周辺の静けさは、少し不気味だった。側に植えられているケヤキの枝が背の低い長屋の上に迫《せ》り出して、コンクリートの壁に疎《まば》らな影を落としている。呪われた痣《あざ》のようなその影の一際濃いのが、野球部の部室前だった。

ドアノブを引く。鍵はかかっていなかった。

「勝手に入っていいのかな?」と、俺の陰に隠れるようにして周囲に目を光らせているメガネ君Cが、かなり不安そうに尋ねた。

「別にいいだろ。入部希望者なんだから、俺たち」

「たち?」

俺が振り返って「厭なら帰れよ」と刺々《とげとげ》しく言うと、彼は鬼のような形相になって、

「厭だなんて言ってないだろ!」と、怒鳴った。

メガネ君のキレるポイントがいまひとつ掴めない。

ドアの向こうは、殺風景だった。壁際にロッカーが並んでいる。道具類はドアに近い一隅にまとめられている。酒箱に突き刺さった金属バット。補強された段ボールに放り込まれているグラブ。硬球の収まったスーパーの買い物籠《かご》が三つ。白線を引くための手動ラインカーや、ティーバッティング用のネットも壁に面して置いてある。部屋の中央には長机が二台縦に組んであり、その周りに椅子が並んでいる。開店直前のレストランのような几帳面《きちようめん》さで、食《は》み出している椅子はひとつもなかった。

まず、道具を覗き込んで観察してみた。使い込まれた感じのするグラブは、数が少ないところを見ると予備なのだろうか。ボールを手に取ってみると、だんだんと頬が緩んだ。俺はボールフェチか、と自分で突っ込みながら、咳払いで誤魔化したとき、ふとその奥にボール籠がもうひとつあるのを見つけた。

シートが被せてあったからめくってみると、壁に押し付けられたその籠には、ちょっとグロテスクな茶色い球体が山のように入っていた。目を凝らすと、生地を剝かれた硬球だった。思わずゾッとして、すぐにシートを戻した。見なかったことにしよう。

とりあえず、ちゃんと活動はしているようだった。そのことに少し安心し、長机を囲んだ椅子のひとつに腰を下ろす。メガネ君Cは俺の真隣に座った。近《ちけ》ェよ。ガラ空きなんだからもっと離れて座れよ。

すぐに先輩が来るだろう、この部室で待っていよう、と思っているうちに、うとうとと居眠りをしていたようだ。何かのきっかけでパチッと目が醒めた。ようやく待ちに待ったあの「カキーン！」が聞こえてきたのだ。

しまった！　周囲を見回すが誰もいない。グラウンドだ。見知らぬ一年が部室にいるのだから、起こしてくれてもよさそうなものなのに。

俺に寄り掛かるようにして眠っていたメガネ君Cを置き去りにして、慌てて二百メートル先の低地に向かって走り出した。近いんだから寮に戻ってグラブを取ってくればよかったな、と走りながら後悔したが、やはり確認が先だった。寮の方角、俺の斜め後方の空はすでに赤い。日が落ちかけていた。当然ながら、砂漠のようなグラウンドにはナイター設備などなかった。

長い階段の上からグラウンドを一望した。赤と青の派手なユニフォームを着た選手たちが、声を張り上げて練習している。「しまっていくぞぉぉぉ！」「しまっていけよぉぉぉ！」なんだか不自然な掛け声だったが、また「カキーン！」というバットの芯に当たった気持ちいい打撃音がして、一切の惑いを振り切った。一目散に、狭く長い階段を駆け下りる。

爪先で引いただけのバッターボックスもキックベース用の携帯ホームベースもこの

際、全部許すことにして、打順を待っているらしいしゃがみ込んだバッターに勢い込んで声を掛けた。

「にゅ、入部したいんですが！」

赤と青の縦縞《たてじま》ユニフォーム、白いヘルメットを被った——女だった。

……あれ？

もしかしてソフト部、と思ってたじろいだが、あの「カキーン」という打球の音は、ソフトボールの音ではなかった。

「ん〜？　君はぁ新入生ぇ？」と、彼女は眠そうな声で問い質《ただ》してきた。柔らかそうな頬をした、アヒルロの女だ。

途端に、怒鳴り声が飛んできた。

「なにやってんだ、そこ。映り込んでんだよ！」また女の声だった。赤と青の縦縞ユニフォーム。ヘルメットが後ろ向きだ。あなたはキャッチャーですか？　やけにユニフォーム姿が様になっている女で、立っている位置は三塁コーチャーズボックスの辺り。野太い声で、言葉に変換し難いわなwhile きを発している。なにを言っているのか意味不明瞭だが、こちらを指差す彼女が、怒り狂っているのは遠目にも明らかだ。「お前だお前、邪魔だろが！」

え？　俺ですか？

「この子ねぇ、入部希望なんだってぇ」

打順待ちのアヒル口が、怒り狂う三塁コーチの女に向かって、緊張感のない声を張り上げ、火に油を注いだ。三塁コーチはやけに古いハンディカムビデオカメラを振り回しながら、いよいよ怒りを露《あらわ》に近付いてくる。

また、「カキーン！」という場違いな音が響く。

振り返ると、バッターの足元に小さなスピーカーが置いてあった。

「ユキちゃん、監督だからって勝手なことしたらダメだよ。時間が押してるんだから」バッターボックスの、これも女の冷ややかな声が、「カキーン！」「カキーン！」を打ち消しながら聞こえてきた。

バッターの向こうで、リフレクターを下ろしている男がいた。集音マイクを調整している男もいた。彼らは制服のブレザー姿だった。そのまた背後に、一塊になっている何人かのユニフォーム姿の女たちがいた。そのなかに、ひとりだけアフロの男がいた。お、アフロだと、俺は思った。十数人の小集団の大半はやれやれと言いたげな態度で、疲労が全身に滲《にじ》んでいた。

このとき俺は分かった。怒りで我を忘れて詰め寄ってくる三塁コーチの先を制して彼女を指差し、「これ、映画だ！」と、したり顔で指摘した。

「見りゃ分かんだろ、舐めてんのか、一年が！」

怖い。ノリが体育会系の人だ。

「実は、俺、野球部の人を探してるんですけど」

「今日はうちがグラウンド使う日なんだよ。野球部は火曜か水曜か、ああ、詳しくは知らねえよ！　そんなの、野球部に訊け！」

取りつく島もなかったし、グラウンドを使う日という言葉が意味不明だ。

「あれぇ？　入部しないのぉ？」と、監督のユキちゃんという人が切なそうな目で俺を見る。いやいや、だから俺は野球部を探していると言っている。「大道具さんがいてくれるとぉ助かるのになぁ」

しかも役者じゃねえのかよ。

「ユキ！　これ以上、男増やそうとしてんじゃねえよ」

「でもぉ、カオルちゃんがぁフラグ立たないとか言うからぁ」

「言ってねえよ、お前の妄想だろうが！」

「早くやらないと日が落ちるよ」

割り込んできたバッターは、金属バットを杖にして、しゃがみ込んでいた。黒縁のメガネをかけた背の低い彼女は、しゃがむとパピヨンくらいの大きさになった。

カオルさんが遂に捨て鉢になった。「もうヤメだよヤメ。やりたきゃお前らだけで勝手にやれよ」

「嘘だよぉ。ちゃんとやるからねぇ。ほらぁ、ヒカルちゃんも立ってよぉ」と、ユキちゃんという人がやはり緊張感のない声で、小柄なバッターに指示している。

「ヤメだっつってんだろ！　あたしは明日の追試落とせねえんだよ！」

カメラマンのカオルさんが本気で怒っているように見えたから、俺は退散することにした。ユキちゃんだけは最後まで愛想がよく、「また来てねぇ」と可愛く右手を振ってくれた。

「調子に乗んなよ、一年！」カオルさんは最後まで怒っていた。


かなり落胆した気持ちで荷物を置き放しにしている部室に戻ると、メガネ君Cが元の椅子に畏《かしこ》まっていた。ドアを開けた俺に縋《すが》るようなまなざしを向け、「真之介ぇ……」というその消え入りそうな声の印象は、ひとりぼっちで怖かったというような、かなりうざい感じだった。「戻ってこないかと思ったよ……」

「お前はもっと男らしくしろよ」カメラマンのカオルさんを思い起こして嘆息する。

やはり部室には誰の姿もなかった。時刻は午後六時を過ぎている。練習は休みなのだろうか？　もう少しここで待ったほうがいいか、それとも今日は帰ろうか、と決めあぐねてとりあえず床に落ちている鞄を拾おうとすると、メガネ君がしきりに俺の袖を引いて邪魔をする。

「なんだよ。俺、もうなんか疲れたから——」

「あ、あれ……」

彼が指差した方角は、部室のドアから対角線上に位置する一隅だった。奥の壁についた窓から差し込む西日に照らされて、ボォーッと浮かび上がる——

「——おおぉぉぉい！」

本気で仰け反った俺は摺《す》り足で後じさって、壁際のロッカーに激しく背中を打ち付けた。がしゃんという何かが落ちたような音が響いたが、開けて拾ってやる気にさえならなかった。

部室の隅っこに、亡霊がいた。

ビール箱を逆さまにしたその上に座布団を敷き、両足を載せた奇妙な恰好《かっこう》で壁にもたれ、蹲るようにして、本を読んでいる男がいた。美容院に行くたびに「髪の毛多いですね」と言われるに違いない鬱蒼《うっそう》とした髪を目の前まで垂らした顔色の悪い男が、俺たちと同じグレーのブレザーを着て、ネクタイを緩めることもなく、完全に存在感を消していた。

「あんた、いつからいたの？」

――返事なし。

俺がグラウンドに行っている間に現れたのか？　いや、メガネ君の狼狽《ろうばい》ぶりから察するにそうじゃない。では、俺たちが居眠りしている間にやってきたのか？　いやいや、この存在感のなさからすると、最初からいて気付かなかった可能性はかなり高い。

「もしかして、野球部の人……ですか？」

上体を乗り出し、首を斜めに突き出して、覗き込むように窺ってみた。

やはり、返事がない。だが、きっと野球部員だろう。なぜなら、ここは野球部の部室なのだから。

ここは知恵を振り絞らなければならない。俺は異星人と接近遭遇した人類代表だ。とにかく、コミュニケーションを図らなければ。けれど、相手はあまりに異質な印象を醸し出している。こちらにまったく関心を払わない、あの待ち受け画面のような無反応はなんなのだろう？

メガネ君Cは怯えてまるきり役に立たなかった。俺は唾を呑み込み、勇気を振り絞って、とりあえず彼の側へと長机を回り込んだ。一度大きく咳払いして、尋ねた。

「それ、なに読んでるんですか？」

実にどうでもいい質問だったが、初めて彼は上目遣いに目線をくれた。言葉が通じた！　背表紙を心持ち上げて、タイトルが読めるように配慮までしてくれた。

意外な親切に当惑しながら、けれど、しょせん心持ちなので、すぐ側まで近付いて覗き込まなければタイトルが読み取れない。もしかして、この人は俺を試しているのだろうか。

よーし。俺は気合いを入れて、拝謁するようにビール箱の前でしゃがみ込み、指先で摘むようにして、本の背を少し持ち上げた。相手は窮屈な姿勢のくせに、微動だにしない。俺などここにいないかのような扱いだったが、タイトルだけは読めた。『皇帝の新しい心』——内容を推測することさえできない。ロジャー・ペンローズ著。

俺は一度、メガネ君Cを振り返った。腰を上げようとしない彼は、なぜか激しく首を横に振っている。その行動もまた意味不明だった。

「面白いっすか？」という俺の質問は、当然のように無視された。

アホだ、俺は。からかわれているんだ。

もう帰ろうと思い、立ち上がったとき、初めて相手の口が動いた。

「一年？」小さな小さな、囁くような声だった。

その問いかけにメガネ君Cが反応した。身を隠すように椅子のなかに縮こまっていた彼は、突然椅子を蹴って立ち上がった。騒々しい音が部室の壁に反響して、俺は思わず顔を顰めた。自己紹介の機会を絶対に逃さないメガネ君だった。

「はい！　僕は山田博正。山田博正です。こっちは友達の真之介です。一年です」

で、完全シカト。訊いておいてそれはない。

俺たちは顔を見合わせてしばらく黙り込んだ。

それから、制服の裾で汗ばんだ掌《てのひら》を拭きながら、元の場所に戻るためにまた机を回り込み、落としたままの鞄に向かって屈み込んだ。そのときだった。

「ニーチェと平家物語には強い親和性がある、と思うか？」

先輩（と思われるビール箱上の男）は、呟くような小声でいきなり言った。

「……」俺は立ち尽くしているメガネの脇腹を小突いた。「……」メガネは眼鏡の縁を頼りに触って、落ち着きがない。

俺は質問の意図を探ろうとして、聞き返した。「……あの、もう一度言ってもらえますか？」

相変わらず尋ねておきながら返事を待つ素振りもない相手は、それ以上を語ることもなく、ひたすらページを繰っていた。そうして部室の亡霊は、しばらくしてからまったく脈絡がないような態度で、ボソリと呟いた。

「俺は、ある、と言う」

「僕もそう思います！」

何を思ったのか、メガネ君Cが怒鳴り声を上げて同調した。俺は驚いて、彼に向かって身を捻《ひね》った。

不気味な先輩は顔を上げはしなかったが、このとき初めて返答した。「イエスマンは嫌いだ」メガネ君Cとの間で実に素晴らしい会話のキャッチボールが交わされている！　亡霊氏は言葉を重ねる。「君は死んだほうがいい」その親切な気遣いと適切な忠告に、俺は感動した。

しかし、それきりもうひと言も発しなかった。メガネ君Cは泣きそうになって、部室から飛び出した。ちょ、俺をひとりにするな！

異星人とも亡霊とも思われたその先輩は、実は生きている地球人だった。彼の正体が判明したのは、グラウンドで謎の撮影をしていたユキちゃんとヒカルさんがノックもなしに、部室に飛び込んできたからだ。

「村田《むらた》君いるぅ？」と、青赤の縦縞ストライプユニフォームのユキちゃんが、声を掛けながら先頭で入ってきた。ふたりともヘルメットを被ったままだ。

俺の姿を認めたユキちゃんは、あんた骨がないのかと思うくらい首をカクンと不自然に倒して、ぼんやりした声で言った。

「あれぇ、入部希望者君だぁ。なんで野球部にいるのぉ？」

俺は野球部を探していると言ったはずですが？

「まぁいっかぁ。ねぇ、それより村田君はぁ？」俺を真っ直ぐに見ながら問いかけてきたから、きっと俺に尋ねているのだった。村田って誰だよ？

ユキちゃんの喋りには抑揚というものがなく、そして、常に眠そうだった。

「カオルちゃんがぁ集音マイク壊しちゃってさぁ、あの暴れん坊は本当に困ったちゃんだよぉ。渾名《あだな》は将軍だからぁ、次に会ったときは将軍様って呼んであげてねぇ。キレるからぁ。それで将軍様ったらねぇ、声が上手く取れないからとか言ってねぇ、土《つち》埃《ぼこり》入らないようにってぇせっかく巻いてたタオル取らせちゃってさぁ、結局、マイク壊したんだよぉ。信じられないよねぇ、ホントにぃ。ねぇ、村田君どこ行ったか知らないのぉ？　そうそう、カオルちゃんねぇ、村田君のこと好きなんだよぉ。あ、これ、ここだけの話だよぉ。誰にも言っちゃダメだよぉ、約束だからねぇ」

興味ねえよ！　長《なげ》えし！

「もしかして、あの人のことですか？」

俺はこの場にもうひとりいたのだと思い出して、とっさに背後に目を向けた。

すると彼女は「わぁ、石川《いしかわ》君、びっくりしたぁ」と、相変わらず緊張感のない声で言って、すぐに別の用事を思い出したようだった。「ねぇ石川君、道具まだ借りててていい？　撮影終わんなかったんだぁ」

チラリとドアに向かって目を上げた彼は、またすぐ本に目を戻した。そこでゆっくりと首を二度、結構はっきりと横に振った。

「いいってぇ。よかったねぇ、ヒカルちゃん」

いや、いまのはダメってことだろ。

「村田はいないみたいだね」ユキちゃんよりは常識がありそうなヒカルさんが部室をひと渡り見回してから、指先で口元を軽く掻いた。「困ったね。どうするかな」

「どうしよっかぁ。カオルちゃん、ずっと怒ってるよぉ」あまり困っているようには聞こえない受け答えのユキちゃんが突然両手を振り上げて「もぉ、村田君はどこなのぉ！」と、俺に向かってキレた。

「知りませんけど、帰ったんじゃないですか」面倒になって適当な返事をすると、

「そうなのぉ？　だったらぁそれを先に言ってよぉ」そう言い残して、ふたりは部室を後にした。

分かったことは、あの片隅で本を読んでいるのが石川で、他に村田という部員がいて、そしてやはりこの部室は野球部のもので間違いないという事実だった。だけど、明らかに野球部ではなさそうなユキちゃんとヒカルさんが野球部の村田を探している理由は、あまりはっきりとはしなかった。集音マイクが壊れたと言っていたから、修理を頼もうとしたのだろうけど。

石川に問いかけても答えてくれないだろうなと、所在なく彼の陣取っている一隅を見ていると、ドアがそっと軋《きし》みながらまた開いた。ズカズカ侵入してきたユキちゃんとは対照的に、恐る恐る顔を突っ込んだ制服姿の男の顔に俺は見覚えがあった。

「いま、ユキが来た？」と、やたら髪のサラサラした男が尋ねてきた。

グラウンドで集音マイクを抱えていた男だ。ユキちゃんの話が正しければ、カオルさんの乱暴によって災難に見舞われた音声係だ。

彼は俺が返事をするより先に部室を見回して、それから溜息と共に結局ズカズカと入ってきた。

「はぁ。なんか村田って人を探しにきましたけど」

「ああ、それ、俺」後ろ手にそっとドアを閉じると、近くの椅子を引き寄せて、一息吐《つ》くように腰を下ろした。

俺は身を乗り出してその男を見つめた。

「だから、俺が村田クン。マジであいつら人使い荒すぎなの。マイクの調整行っただけなのに、音声係やらされちゃったよ。あと、照明係いたろ。あいつも野球部。片桐《かたぎり》って言うんだけど。マジであいつら映研とか言い張ってるけど、機材の使い方は知らないし、すぐ壊すし、覚える気ないし、みんなお姫様やりたがるし、勝手にグラウンドの権利まで主張して、見た？ あのバッターボックスにあったスピーカー。カキーンカキーンいってたあれ。おかしいと思わなかった？ ああいう効果音後から入れればよくね？ そうはしないんだよね、あいつら。なぜかっつーと、編集しないから。ドキュメンタリーは編集なしって思ってんの。てか、ドキュメントじゃねえし。――ああ、もう勘弁勘弁なんですよ。挙句に、日が落ちる瞬間じゃないと撮影できないとか言って延期しやがって、お前はクロサワかっての。あいつらにはあんまり近寄んないほうがいいぞ。ケツの毛抜かれるからな。これ、たとえ話じゃないぞ。去年、高杉《たかすぎ》って男が芸術映画に出てくれとかって騙されて、ケツの穴に薔薇《ばら》刺されたんだけど、そんとき汚いとか言って、下っ端使ってケツの毛全部抜かせやがった。剃《そ》ったんじゃないぞ、抜いたんだぞ」

それはケツの毛を抜かれるより薔薇を刺されたことのほうが問題なのでは？　という疑問を俺は必死で呑み込む。

「カオルさんというのは将軍様ですか？」

「はぁ？　なんだ、それ」呆れたようにきょとんとした彼は、そこでハッとして飛び上がるように立ち上がった。首を仰け反らせ気味にして、眇《すが》めるように目を細め、

「ユキ、ひとりだったか？」と、押し殺したような囁き声で訊く。

「いえ、なんかヒカルさんとかいう人と――」

「一緒かよ！」村田は怯えたように背後を窺いながら、俺に向かって両手を突き出してくる。その指先が微妙に震えていた。「とにかく、あいつらとは深く関わるな。忠告したぞ。俺はもう帰るから。――おぉッ、石川いたのかよ。ビビらせんなって」

「あの、村田さん！」

「なに？　早く帰らないと、あいつらその辺うろついてるから――」

「自分、野球部に入りたいんすけど、どうすればいいですか？」

「は？　だってお前、映研入ったんじゃないの？」

だから、俺は野球部の人を探しているとさっきから！

腿の辺りをボリボリ掻きながら、村田は苛立たしげに言った。「じゃあ、あれだよ。明日。明日な。みんなに話しとくから。だいたい今日休みだから待ってても誰も来ないぞ。えーと……」かなり気が急《せ》いている様子だったが、それでも必死になって善処しようと努力しているようには見えた。「あ、そうだ。名前。あと、学年ね。てか、学年は一年か。何組？　おーい、石川！」早口で捲《まく》し立てた末に、部室の隅で読書している亡霊に後を委ねようとしたから、それでは埒《らち》が明かないと察し、慌てて名前と所属をその場で告げた。

「オーケー。1Dの新な。はいはい、分かった。心配すんなって。俺は一度聞いた名前は忘れないの。じゃ、明日な。えーと、お前、あれだぞ。もううちに入部したんだから、俺がここに戻ってきたこと誰にも言ったりすんなよ。なんつっても野球はチームプレイだからな」

「村田さん！」

「なんだよ、用があるなら一度で終わらせろよ」

「野球部って、何年か前に夏の県大会ベスト16に残ったって聞いたんですけど」

村田ははっきりと鼻で嗤った。「いつの話、それ？　あんま笑わせんなよ。鬼監督だってもういねえし、ごっそり三年抜けてんだから、大会とか恥ずいこと外で言わねえほうがいいぞ。じゃあな。チャオチャオ」指を二本突き立てて、慌ただしく部室を出て行った。

閉じられたドアを、俺は呆気《あっけ》にとられたまましばらく眺めていた。

……監督がいなくなったってなんだ？　ごっそり三年が抜けたってなんだよ？　問題を起こして謹慎処分でも喰《く》らってるのか。だから、練習していないのか？

自分の中学時代を思い起こしてゾッとした俺は、村田が引き出した椅子に倒れるように腰を落ち着けた。そのとき不意に、ユキちゃんが石川に確認していた道具というのは、バットやボールのことではなく、音声係の村田や片桐という照明係のことだったのではないだろうか、と思い付いた。この野球部は活動しているのか？

映研との関わりもまたよく分からなかったが、静まり返った日暮れの部室で黙考に耽《ふけ》っていると、だんだん背筋に厭な汗が垂れてきた。

「石川さん」

無理を承知で声を掛けてみた。完全にシカトされる。

「石川さん？」もう一度呼びかけてみる。相手は微動だにしない。

やや大きめな声でもう一度言った。「石川さん、キャッチボールしませんか？」

石川は悉く俺の呼びかけを無視した。

諦めて腰を上げる。どうせ明日全てが分かるだろう。このままだと、ランニングの時間までなくなりそうだった。

その翌日、朝からメガネ君Cのテンションが不思議な高まりを見せていたが、昼休みに入って早々近寄ってくると、恐らく彼の懸念材料だったと思われる苛立ちを、いきなりぶつけてきた。

「僕は絶対野球部に入らないぞ」

正面から机に詰め寄った彼は、眉間《みけん》に皺《しわ》を寄せて宣言した。

「あの人、おかしいだろ。こっちがせっかく話に乗ってあげたのに、あんなこと言うなんて頭おかしいだろ」

昨夜からこの昼休みにかけて、ひたすら石川発言を反芻していたのだろう。目の下にうっすら隈《くま》ができていた。

「気にすんなよ」特に慰める気も起きず、いい加減に返答する。

たぶん同意を求めていたのだろうが、俺はそれどころではなかった。朝の点呼後にうっかり二度寝して、朝飯を食いそびれたからだ。早く購買に行って、パンでも買わなければ大事な部活初日にぶっ倒れそうだ。

「だいたい、お前は入部しなくてもいいだろ」

「なんでそんなこと言うんだよ！」いきなり彼はキレた。相変わらずテンションポイントの摑めない奴だ。

廊下を通りかかった坂井が、当たり前のように教室に入ってくる。

「真之介、お昼食べないの？」メガネ君があんまり大声で俺のことを真之介呼ばわりするから、誰も彼も同じように呼ぶようになっていた。

タイミングよく昼飯の話題が出たところで、話を打っちゃって購買に向かおうと思ったのに、通りすがりの坂井が予期せぬ話題を振ってきた。「あたし、映研入ろうかと思ってるんだ。やっぱり部活やりたいよね」

佐久間の怪しいサークルはどうするんだと問い質したかったが、それは自分に跳ね返ってきそうだったから、口にしなかった。

「ユキちゃんに誘われたのか？」

坂井はちょっと驚いたように、元から大きな目を更に広げた。「なんでユキちゃんのこと知ってんの？」

「なぜなら、俺も誘われたからさ」大道具係に、ね♡

「なんだよ、チェック早いなぁ」うりうり、と言いながら、彼女は俺の肩に拳をめり込ませてきた。「もぉ、やめろよぉ」「やめなぁい」「やめろってばぁ」「このエロ坊主がぁ」誰がエロ坊主だ！　坊主頭でさえないだろ。

メガネ君Cが俺の机に両手をバンと打ち付けた。無視されることに慣れているくせに、無視されることに耐えられない我《わ》が儘《まま》なメガネ君だ。「真之介がそんなふうに僕のことを思ってるんなら、もう絶交だからな！」

そんなふうがどんなふうか、話の脈絡がいまひとつ思い出せなかったが、「しょうがないなぁ」と、俺は肩を竦めてみせて、「じゃ、絶交ということで」さよならメガネ君C。目標がひとつ達成された瞬間だった。

「ひどいよ、真之介！」

最後にそう叫ぶと、彼はまた机の角に腰をぶつけながら、自分の席に向かって駆けていった。

「ひどいね、真之介」

坂井はまったく感情の籠もっていない声でそう言った。それから声を潜めて、「そんなことより、映研と野球部って結構仲がいいって知ってた？」と、耳打ちするように囁いてくる。そんなことなんだ、メガネ君のことは。

坂井はいつものように錦城の椅子をガガッと引きずり出して腰を下ろし、「知ってた？」と、もう一度繰り返した。なんだか楽しそうだが、楽しそうな理由がさっぱり分からない。

「あれは仲がいいというのか？」

ぼんやり呟くと、坂井が「へ？」と気の抜けた声で聞き返す。

「それよりお前、メシは？」とにかく俺は坂井を追い払って、早く購買に行きたい。昼飯がどうこう言って話しかけたくせに、呑気に座っててんじゃないよ。

見馴れない男子生徒が1Dの教室に入ってきていた。勝手に他所《よそ》の教室に侵入してくるのは校風なのか、と訝る俺の前をそいつは颯爽と素通りし、いまはクラス中を眺め回していた。つやつやした黒髪をカリメロみたいに揃えた男だった。やけに姿勢のいいその男は教卓の前に立つと両手をついて、「新真之介君はいるかな？」唐突に、声を張り上げた。

クラスが、シンと静まり返った。みんなの目が俺に集中している。その視線を追って彼は振り返り、間抜け面で見上げる俺にようやく気が付いた。

「ああ、君か。そうだろうと思ってたけど」

嘘を吐くな、と喉まで出掛かった。

「俺は二年の佐伯《さえき》。部員から君のことを聞いたんだけど」彼はそこまで言ってから、

「ああ、野球部の佐伯。よろしくな」と、気さくな感じで言い換えた。

「はぁ、どうも」

村田は約束を守ったのだと思って、彼を信用していなかったことを少しだけ反省した。

佐伯は気のない返答を意に介すことなく、開いたままのドアから廊下へ首を突き出し、「安達《あだち》！」と、大声で誰かに呼びかけた。「なに？」と、廊下から声が返ってくる。

「なにじゃない。早く来いよ」苛立たしげに手招きしている。

うんざりしたような声と一緒に、縮れ髪の茶髪男が教室に入ってきた。

「佐伯さぁ、キャプテンだからって俺の昼休みを自由にできる権限はないんだぞ」

なんだか似たような台詞を昨日どこかで聞いた気がするな、と思ったが、それよりもむしろ、いまの俺の心境の代弁といったほうが近い台詞だった。なにしろ俺は、昨日の午後八時間際に食った冷えてコチコチの焼き魚以来、何も腹に入れていないのだ。ちなみに、寮ではこの焼き魚定食が献立に上る日が「魔の太刀魚《たちうお》デー」と呼ばれて忌み嫌われていた。佐久間に聞いたところでは、食堂が開く六時半の時点で、すでに焼き魚は冷えてコチコチであるらしい。

安達は教室に入ってくると、まず俺以外のクラスメイトたちに「ごめんな、気にしないで好きに喋っていいよ」と、優しく声を掛けた。

先輩が1Dの教室に入ってきたのは初めてのことで、緊張感が漂っていた。しかし、安達もそれ以上は後輩に構うことなく、佐伯は懸命に彼の注意を俺に向けようとしている。

真顔の坂井がしきりに俺の脇腹を指先で突いてきた。意味が分からない。俺はその手を振り払った。空っぽの胃を突くな、と言いたい。

後方のドアから上半身を突っ込んだ藤木が、「麻央、なにしてんの」と、大声で呼びかける。坂井はチラリと目を向けたが、重い腰を上げようとしない。

佐伯はそんな周囲の状況にはまるで構わず話しかけてくる。

「こいつは安達。野球部の二年で、中学からの経験者」それからその安達に向いて、促した。「おい安達、確認しろよ」

実は彼らは異星人で、俺はアブダクションされるのではないだろうか、と昨日の石川との接近遭遇を思い浮かべてそんな連想が働いた。ナノマシンを注射されるのはちょっと勘弁願いたい。

「俺だって近くで見たことないから、よく分からないって」安達は下っ端侍から厄介ごとを持ち込まれた名主《なぬし》のような顔をしている。

「近くで見たことなくても、分かるだろ」と、佐伯は理屈に合わないことを口にして、俺の顔を繁々と眺めている。横から身を乗り出してきた安達が、俺の腕や胸を触り始めた。俺は無言でその手をやんわり振り払う。また触ってくる。またやんわりと振り払う。坂井が仰け反るような姿勢でこちらと距離を置き、目を細めているが、その目は安達に向けるべきだと思う。

「この体つきはやっぱ経験者だな」安達が専門家のような口調で言って、俺にウィンクした。

ゾワゾワと鳥肌が立った。

「一緒に来てくれ」どういう結論を下したのか、下っ端侍が俺の腕を引いた。なんだか勝手に話が進められていて、いい気はしない。

「真之介、お昼は？」ようやく口を開いた坂井が、とても陰険な目で俺を睨んでいる。なぜお前がキレている？

俺はやりきれない憤懣を吐露して、「最初に邪魔したのはお前だ」と事実を伝達すると、坂井は「はぁ？」と呆れたような呻きをひとつ洩らし、すでに連行されかけている俺を半眼で見た。

しまった、せめて昼飯になにか買っておいてくれるように頼めばよかったか、と後悔してももう遅い。とてもそんな頼み事のできる雰囲気ではなくなっている。

坂井は苛立たしげに他人の席から立ち上がり、藤木の待つ後方のドアへ向かおうとした。

「悪いけど、ちょっと新を借りていくよ」佐伯がそんな坂井にひと言断った。

「返してもらわなくて結構ですよ」振り返った坂井は、愛想のいい笑顔でそう受けた。俺の昼休みの予定をお前が決めるな。

先輩ふたりと一緒に廊下に出ると、「さっきのは彼女?」と、安達が尋ねてきた。どこをどう見たらそう見えるのか、むしろ教えてもらいたい。

「それより、野球部の三年がごっそり抜けたって聞いたんですけど」俺は昨日の村田の捨て台詞と、キャプテンであるらしい佐伯が二年と名乗ったことを重ね合わせて、いよいよ不審を募らせていた。

ふたりは不可解な表情で顔を見合わせる。質問の意味が分からないようだから、村田の名前を出そうか、と口を開きかけたとき、「ああ、そういうことね」と、安達が察しを付けた。

俺の疑問に答えたのは、佐伯だった。「三年になってもまだ部活している人なんて、ひとりもいないんじゃないかな」

安達がもう少し丁寧に補足してくれた。「うちは二年の三月で、ほとんどが部活を引退するからな」

人通りの多い昼休みの一般棟の廊下を抜けて、俺たちは外に出た。


途中で佐伯と別れた俺と安達は、そのままグラウンドへ向かった。ふたりきりになると、安達は俺を気遣うように、頻りに話しかけてくる。

「昼休みに悪いな。佐伯は強引だから。お前、メシは？」

「まだです」

もしかして奢《おご》ってくれるのかな、と都合のいい期待が胸中に涌《わ》いた瞬間、どうして坂井が不機嫌になったのか、その理由が突然分かった。

佐伯が入ってくる直前、確か俺は彼女にいまの安達と同じ質問をしていた。そうか、あいつは俺に昼飯を奢ってもらえると勘違いしていたのか。藤木の呼びかけに待ったを掛けたのもそのためか。まったく、なんて浅ましい奴だ。

そんな推論を立てながら、人気のないグラウンドに下りた。

「中学どこだっけ？」と、安達はグラウンドを歩きながら尋ねてくる。問いに答えると、「わりと近いな」と、どうでもいいことのように受ける。「でも、どのみち寮に入ってますから」そこで彼は足を止めて、振り返った。「寮生か。じゃあ、ガリ勉君だ」その接続詞の繋がりの意味を、俺はすでに承知している。「うちのクラスにも寮の連中はいるよ。正直、頭が下がると言うか、刑務所みたいなとこなんだろ」刑務所に入ったことがないから比較はできなかった。

「丸一日、勉強してるって聞くけど、お前もそうなの？」

「そこまでじゃないと思いますけど」佐久間を間近で見ている俺としては、自分もそうですとはとても言えない。

「やっぱり大学受験に備えて、寮に入ることにしたのか？」

厭な会話の流れだったから、それとなく話題を変えた。

「安達さんは中学から野球やってたんですか？」

安達は大きく伸びをするように腕を伸ばして、「いいや」と、透き通るような青空を見上げて面倒そうに答えた。「少年野球からだから、小四からかな。ただ続けてたってだけ。つまり、才能がない人」自分を指差してニッと笑う。

なんと答えていいのか分からなかったから黙っていると、「ずっと補欠だったしな。まぁ俺みたいのでも、ここじゃマシな扱いを受けるわな。初めてスタメンで起用されたよ。初めてってのは、人生初って意味な。やっぱり嬉しかったな」

去年の大会の成績は、と俺が訊きかけたとき、腕組みした安達が目を細めて、

「お前、あの新だろ」

少し意地の悪い微笑を浮かべて言った。

四月の風に茶色い縮れ髪が揺れていた。少年野球からずっと野球を続けていると聞いたからか、クラスメイトたちとは少し違った印象があった。

「実は俺、知ってるんだよ。二中の新真之介」

やはり何が言いたいのかはっきりしなかったし、どことなくホモっぽいのがとても気になる。

「朝、いきなり佐伯が呼びにきてお前の話をしたとき、まさかと思ったよ。さっきは誤魔化したけど、お前の試合も見たことある。あの退場になった試合も、実はスタンドで見てた。本当なら、俺はお前とあの次の試合で当たるはずだったんだぜ」

杭《くい》を打たれたような衝撃を受けた。知っているとはそういう意味か。

「でも、お前は試合に出なかったし、俺は補欠で出番がなかった」安達はさも可笑しいことのように笑った。「怪我でもしたか？」

「違います」思わず視線を逸らした。

「肩や肘や身体のどこかを故障したわけじゃない？」

「違います」

だったらどうして試合に出なくなった、と安達が訊くことはなかった。どうやら、それは彼にとっての問題ではなかったようだ。

「じゃあ、いまも野球は続けられるわけだ」安達は自分に言い聞かせるようにそう言った。

「そうです」

安達は僅かに弛《たる》んだ顎の皮膚を引っ張りながら、相槌を打つ。「俺の正直な気持ちを聞かせてやる」声を潜めた彼は、俺ではなく俺の後方の長い階段に目を向けていた。佐伯が駆け下りてくる様子が、気配で分かった。安達は真剣な顔でこう呟いた。「お前は、うちの野球部に入部しないほうがいい」

思い掛けない言葉に絶句して、俺は目を丸くした。

安達は返答を待たなかった。腕を突き出し掌を広げ、遮りさえした。

「ダーウィンの進化論ってあるだろ。環境に適応した種だけが進化の過程で生き残るって奴。自然淘汰《とうた》な。恐竜もマンモスも強い種なのに絶滅したのは、環境に適応できなかったからだ」とても回りくどい言い回しだ。「才能のある奴が才能のない連中に混じると、みんなが不幸になる」真綿で首を絞めるような笑み。「そして生き残るのは、決まって無能の、弱い連中なんだよ」更に自嘲気味に吐き出した最後の台詞が最も耳障りだった。

「――例えば、俺みたいな奴ね」

そこへ佐伯が到着して、安達は道化じみた元の緩い表情に戻った。

グラブとミットを両手に抱えた佐伯は、息切れしていた。部室からこのグラウンドまでの、僅か数百メートルの距離を走っただけで、その額から汗がだだ洩れに洩れている。

安達がチラリと目を向けた。彼が何を言いたかったのか、よく分かる。

四月の鈍い陽射しが、手入れされていないグラウンドに影を作っていた。フェンスで覆われた街路側からは、何台か車の駆け抜ける音――。

何気なくグラウンドを見回した。トラックの外周は二百メートルだろうか。三百はない。整備しかけて途中でやめたような場所だった。階段を下りてすぐのこの地点をホームベースとすると、レフト方向に三台、段違いの鉄棒が並んでいた。逆の手、ライト側のファールグラウンドの隅のほうに、白カビのように見えるセメントで外壁を塗り固めた物置小屋が建っていた。ネコ車が二台、壁に立て掛けられて、その近くには、ネットのないサッカーゴールが一台、俯《うつぶ》せに寝転んでいた。長らく風雨に晒されているのか、赤錆《あかさび》色が鮮明だった。

その他には何もなかった。

佐伯は部室から持参したグラブを俺に手渡し、「投げてみろ」と命じた。なんだか気乗りしなくなっていた。安達の声がまだ耳に残っている所為だ。

佐伯はひとり昂奮状態で、期待感を滲ませながら肩で息をしている。「安達、受けろよ」と、キャッチャーミットを手渡しながら言った。

「は？　自分でやれよ。汗掻くじゃないか」と、安達。

「バカ。俺がへたくそだから、お前にやらせるんだよ」後輩を目の前にしてこうもはっきりへたくそを自称するキャプテンも珍しい。

佐伯が持ってきたのは、グラブとミットとボールひとつだった。キャッチャーマスクもプロテクターもレガースもない。おいおい舐められたもんだな、ととっさに思ったが、あぁそうではないのか、とすぐに考えを改めた。舐めているとさえ、きっと佐伯は思っていない。無邪気な笑顔がそれを物語っている。

ボールを包んだグラブを両手で抱えてぼんやりしていると、「新は経験者だろ」と、佐伯が念を押すように訊いてきた。

「はぁ、まぁ」

「中学で全国準優勝したピッチャーだな」

「中二のときですけど」

「こいつ、リトルでも全国に行ってるぞ」すでにミットを嵌め、腰に両手を当てて立っている安達が声を掛けた。言いたいことは全て言った、後はお前が決めればいい、とその緩んだまなざしが言っている。

「行きました」と俺は茫洋《ぼうよう》と答え、佐伯が「おぉ」と感嘆符をひとつ落とす。

「野球歴は何年?」と、これも佐伯が訊いた。

俺はちょっと考え込んで計算した。最初にボールを握ったのは、四歳位だと思う。答える前に、佐伯が言った。「とにかく投げてみろよ」

だんだん腹が立ってきた。

こいつらいったい何様のつもりなんだ。全中準優勝という俺の経歴を持ち出しながら、その言葉の意味がまったくピンときていない。それがどれほどのものか、ちっとも分かっていないのだ。

俺は頷いただけで、距離を取るために彼らの側から離れていった。陽射しの方向へ。彼らのいるやや陰になった場所から、十八・四四メートル離れた、マウンドどころかプレートさえない、柔らかい陽が落ちるだけで、匂いも何もないグラウンドの一点へ。

安達がしゃがみ込もうとしたから、俺は立ち上がらせた。

「少し肩ならししていいですか」

それでも、グラブを嵌めてボールを握ると、少し気分が高ぶってくるのは性分だ。久しぶりのキャッチボール。こればかりは、ひとりではできない。

淡々とボールのやり取りが続いた。

さすがに何年も続けていただけあって、安達は取りこぼしたり、暴投したりしなかった。フォームは安定しているし、顔つきも真剣だ。そうバカにしたものではないのかもしれない。

「そろそろいいか?」と、安達が大声で呼びかけた。佐伯は腕組みしたまま、ひと言も喋らない。

俺はブレザージャケットを脱いで、地面に置いた。緩めていたネクタイも首から外した。

安達がしゃがみ込んで、ミットの感触を確かめるように拳で突く。

せめてマスクくらいして欲しいな、と思いながらも、もうなにもかも手遅れだという気がしていた。

構えた安達は骨格もしっかりして肩幅も上背もそれなりにあるのに、とても小さく見えた。沢登のような安定感がなかった。キャッチボールだけ続けていればよかったのに。

振りかぶってまず一球、力を抜いて投げてみた。

ミットの土手に当たった。不愉快な音だった。落としはしなかったが、明らかに取り損ねたことが俺に分かったし、安達にも分かった。

「おお」と、佐伯がひとり、呻き声を上げた。

ボールが返ってくる。

二球、三球と軽めの投球を続けるうち、安達にはまったくキャッチャー経験がないのだろうということだけは分かった。マスクもプロテクターもつけていないキャッチャー未経験者を相手にしているうちに、ストレスが溜まってきた。

野球部に入れば、野球ができると思っていた。どんな高校だろうと、野球部は野球部だと思っていたのに。

余計な雑念が投球フォームの最中に過《よぎ》る。佐伯はまだ俺を試しているつもりでいるのだろうか。試験官のように腕組みして、真剣な表情で俺のフォームや、安達のミットに収まるボールを目で追っている。感じ入ったように何度も頷いている。

「安達さん」やがて、俺は呼びかけた。

キャッチャーの構えに入ってから、安達の身体はずっと強張《こわば》っていた。佐伯に聞かれたくなかったから、言葉にはしなかった。自分のグラブを胸元で広げて、ボールを握った右手をグラブの裏に添える。ミットを動かすな。そこに投げるから、しっかりと構えていろ。

メッセージは伝わった。安達は地面に突いた膝の位置を何度も整え直した。

俺はきつくボールを握り締めた。もうどうにでもなれ。

息を吐いてから、振りかぶった。加減なしで一球、せめて一球、投げさせてほしい。

コントロールには自信がある。安達がミットをずらしさえしなければ怪我をさせることはない。肩も肘もスムーズだ。フォームは安定している。身体は思った以上に軽かったし、リリースポイントも正確だった。

だが、ボールが指から離れた瞬間、妙な違和感を覚えて、とっさの焦りが胸の内に生じた。フォームのどこかがおかしかったのではない。でも、いつもの感じとどこか違った。

球威が、落ちている――？

いままで沢登に指摘されることはあっても、自覚してそう感じたことはなかった。

無意識に安達を気遣ったのか、そうでなければ、練習不足の所為だ。

ど真ん中のストレート。制球にブレはない。狙った通り、ミットの真ん中にボールは刺さった。だが、即席キャッチャーの安達は摑みきれなかった。ミットが押されてその縁が顎を直撃し、一度収まったボールが膝の前にころころと転がった。側で腕組みしていた佐伯は啞然として、言葉を失った。

砂漠のようなグラウンドが寒々しかった。

「……本物だ」

頻りに瞬きしている佐伯がボソリと呟いた。あんたに本物と偽物の違いが分かるのか？

俺が内心の苛立ちを押し殺していると、「安達！　いまの球、見たか？」佐伯の頰肉がわなわなきに震える。声が口の動きについていかないような、奇妙な歪み方をしていた。

目の前を転々としているボールを拾う安達は、返答しなかった。手にした白球にじっと目を落とす。両膝を突いた格好で唇の裏を嚙んでいる。

「いや。見てない」やがて、ボソリと呟いた。

顔を上げて佐伯を見て、俺を見て、また佐伯に目を戻してにこやかに微笑んだ。

「そりゃ、お前の場所からはよく見えたんだろうけど」

その笑みは、明らかに自嘲だった。

「はっきり見た。バカ、当たり前じゃないか。すごいぞ。いままでのボールと全然違った。なんでうちの高校に入学したんだ？」佐伯のテンションは高ぶって、安達の失意にも俺の失望にも気付かない。気付くはずがない。「新、今日から来い。部員に紹介するよ。こんなピッチャーは、きっと野球部始まって以来だ。試すような真似して悪かった。ほら、見ろよ。まだ震えが止まらない」佐伯の口元が笑っているように弛《し》緩《かん》している。

俺はブレザージャケットを拾い、僅かについた乾いた土を払い落とした。彼らの場所に戻ってゆきながら、埒もないことを考える。中学の頃にも劣る、力のない直球だった。こちらこそ試すような真似をして悪かった。安達が取り損ねたことも、いまはもうどうでもよかった。佐伯がひとり騒いでいる様子もどうでもよかった。俺はどうして野球を続けているのだろう。続けるつもりでいたのだろう。

「これなら、甲子園も夢じゃない」冗談を言うように佐伯は笑って、馴れ馴れしく俺の肩に手を置いた。「才能ってのを、初めて目撃したぞ。安達、お前も何か言えよ」

「取り損ねて悪かったな」

促された安達がようやく俺に向かって微笑みながら口を利き、それからミットを佐伯に返した。

「とにかく俺たちも練習しないとな。海應は勉強だけ、大学予備校だなんて誰も言わなくなるくらい、勝ち進まないとな。な、行けるだろ。どうだ、安達？」

「俺に訊くなって」安達は力なく笑った。

その安達を俺はずっと見ていた。安達は強いて佐伯に目を向けて、俺とは視線を合わそうとしなかった。

「入部しますよ」と、呟くように言った。挑むような口ぶりになるはずが、意外なほど素っ気ない声が洩れてしまった。

佐伯の顔がみるみる輝く。

「おぉ、新はやる気だぞ。お前さえいれば、何とかなるような気がしてきた」

この時期に三年がごっそり抜けた二年中心のチームで、なにが何とかなるのだろう。俺は夢なんか見ない。佐伯や安達と甲子園に行けるとは思えない。行くのなら、俺ひとりで行くしかない。ひとりで野球はできないのに。それが分かっているから、海鵬学園に進学しようと決めていたのに。様々な矛盾を逐一気に留めることなく、丸々すべてをそのまま呑み込んだ。

葛藤というほどの絡み合いすら生じない、スカスカの胸の内を見透かしたように、「野球は九人でやるもんだけどな」緩い笑みを湛《たた》えた安達が警告した相手は俺だったのか佐伯だったのか。佐伯はすぐに反論した。「ひとりの天才には九人の凡人が束になってもかなわないんだよ」

中学の頃、キャプテンだったケロリンがよく似たようなことを言った。「俺たち引き立て役だよな。シンがいれば全国優勝できるんだから」その言葉に卑屈さを感じなかったのは、彼らが必死になって努力しているのを、俺が知っていたからだ。毎日遅くまでボロボロになるまで走り込んでいた彼らを、俺が間近で見ていたからだ。

正直言って、不愉快だった。

「俺も、野球は九人でやるもんだって思ってます」彼らを見る気さえもう起きない。

「だから、頭数くらいは揃えておいてください」

突然、安達が摑み掛かってきた。佐伯が慌てて止めに入る。「やめろって。新もいまのはちょっとふざけ過ぎだ」困ったようなへの字口。

ふざけ過ぎ？　どっちがだ！

半ば捨て鉢になっていた。これが挫折なのだとようやく自覚し、自分の足元に目を落とした。

安達はひと言も口を利かず、俺のシャツを絞り上げながら舌打ちした。チラリとその視線が落ちた。

俺の履いていた靴はスパイクではなく、土を嚙まないローファーだった。二重三重にお膳立てされた俺の球を、安達は取り損ねた。その事実にいま直面したのだろう、唇を嚙んで、乱暴に手を放した。

そして安達は鬱憤を晴らすように、嗄《しやが》れ声で吐き捨てた。顔面が仄《ほの》かに紅潮していた。

「たかが野球で、ずいぶん調子くれる奴だな」

俺の白眼視さえ受け止められない安達は、彼自身が自覚している弱者だ。その言葉にまったく腹は立たなかった。安達の悪態などまったく心に響かない。吉永。山下。佐藤。二度と相手にしないと決めていた中学の頃の連中と、まったく同じだった。

section ④
座礁

佐伯は俺を勧誘するため、毎日のように1Dの教室にやってきた。四月半ばに彼が最初に訪れたときには、教室中が澄んだ水面《みなも》のように静まり返ったのに、いまではカリメロ頭の先輩が昼休みに現れることはすっかり常態で、馴れきったクラスメイトは注目することさえなかった。

「安達を気にしてるんなら、余計だぞ。あいつはああいう奴だから、もうとっくに忘れてる」

俺はひと言も口を利かない。佐伯は根気強かった。入学したばかりの一年から、完全に舐めた態度を取られているのに、腹を立てることはなかった。「また来るからな」と、最後にはいつも微笑を浮かべて教室を後にする。

「才能のある奴には責任があると思わないか」

俺を退屈させないためか、佐伯は毎回、矛先を変えて切り込んできた。才能だとか天才だとか、よほどそんな言葉が好きな人らしい。

「俺は思うよ。野球上手かったらどんなによかったかって、いつも思う。俺はへたくそで、お前に尊敬される選手にはなれない。でも、お前がプレイしやすいチームは提供できると思ってるんだ」

どうしてここまで卑屈になれるのか、心底不思議だった。俺はやはり返事をしない。無視しているのとは違う。少なくとも、彼の言葉には耳を傾けている。少なくとも、その切実な願いは俺に通じている。

たぶん安達の台詞に思いのほか縛られていた。お前はうちの野球部に入部しないほうがいい。安達は俺を気遣ってそう言ったのだ。だから、俺の心を縛る。それとも、その言葉が、俺を野球という現実から解放したのだろうか。まったく自由を感じなかったけど。

あるとき佐伯は、自分が野球を始めた動機について語った。「体力がなかったから、高校に入ったら運動部に入ろうと決めていたんだ。どうして野球だったかっていうと、野球は守備のとき、ピッチャー以外は休んでいるように見えるだろ。攻撃のときも打席に入るバッターはひとりだけで、他はみんなベンチから見てる。これは楽だと思った」

野球をやったことのない奴はみんな同じことを言う。だが、どこの学校でも一番練習が厳しいのは野球部なのだ。

「ところが、監督が厳しい人でさ。何度も辞めようと思った。高校球界では名伯楽と呼ばれてた人を理事長が引っ張ってきたんだ。四年前にうちの野球部が県のベスト16に残ったって知ってるか？　監督の実績だ。すごいだろ？」

厳しい指導者と、現に目の当たりにした野球部員との間に、ひどい温度差を感じる。佐伯の話に耳を傾けていると、全部が作り話ではないかと思えてくる。

「とにかく走らされた。体力作りのために入ったんだから希望通りのはずなんだけど、半端じゃなくつらかった。ランニングだけでくたくたになって、他の練習についていけない。ノックなんて地獄だったな。へろへろのところに打球が飛んできて、痣だらけだ。バッティング練習を始める頃には、まともにバットを振ることもできなくて、ずっと怒鳴られてた」

こんな話を聞かせて、どう答えて欲しいのだろう。足腰を鍛えるのは当たり前だ。

野球に限ったことではない。

「お前がうちの部に入ろうとしない理由は分かる。安達にも聞いた。お前には、俺たちのやっているものが野球だとは思えない。こんなことを言うのは情けないかもしれないけど、俺はお前みたいな奴に憧れを感じるんだ」目を逸らした佐伯は、唐突に話を飛躍させた。「ああいう現実感が欲しかったんだよな。たぶん俺が野球を始めたのは、お前が見せてくれた、ああいうボールを一度でいいから投げてみたかったからなんだ」自分の指先を見つめながら彼は喋り続ける。「お前のボールを見てリアルな感じってのを、初めて実感できたんだ。肚《はら》の底から俺もやろうって気持ちになった。誰かが何かする様子を見て、自分のリアルに直面することなんて、そうそうあるもんじゃないだろ。それこそ才能だよ。それが新の才能の為せる業なんだよ」

「情けないっすね」と、俺は言った。「俺は俺のためにしか野球をしません」

それ以外に何が言える?


苛立たしい毎日だった。寮から一般棟への行き帰りの途中に部室棟はある。大きなケヤキに覆われたその場所に目を向けることは、もうなかった。週に一度か二度か、「カキーン」という音がグラウンドから聞こえるが、それが野球部のものか映研のものかと、考えてみることもなかった。

日が落ちると、鬱蒼と茂った雑木が薄闇の中で輪郭を曖昧にしながら、部屋のガラス越しに見えた。潮騒《しおさい》が遠くから聞こえる。自習時間には、黙りこくって自習する。ときどき分からない問題を佐久間に尋ねる。佐久間の指摘は、俺の分かっていないポイントを、正確に気付かせてくれる。俺は大抵の場合、自分がその問題のどこが分かっていないのか、分かっていない。

見回りにきた宿直教師が顔だけを覗かせて立ち去った後、ふっと集中力が途切れてベランダの先へ目を遣った。閉じたテラス窓に風が吹き付けていた。強い南風だった。日暮れ前にランニングしたときは風などなかったのに、新芽を吹いた柏《かしわ》の木が激しく枝を揺らしていた。こちらに背を向けている佐久間が、俺の心の隙を気配で感じたかのように、ボソリと口を利いた。

「連休はどうする?」

ゴールデンウィークの予定を訊いているのだろう。振り返って相手の背中を見た。シャーペンを握った佐久間の右腕は止まることなく動き続けていた。

「別に。寮にいるんじゃないか」

「僕はサークルのみんなと出掛けるんだけど、一緒にどう?」しばらくノートになにかを書き付けていた佐久間だったが、俺が返事をしないままでいると、ペンを置いて振り返った。「オリエンテーションで話したサークル。船田や岩田君たちと一緒に」

そのサークルについて佐久間が直接言及したのは、あれ以来初めてだった。

「もちろん無理には誘わないけど。本当は僕もあんまり気乗りしてなくてね。オリエンテーションのときにあの研修施設を予約しちゃったから、半分は仕方なく。言い出した奴が行かないわけにはいかないから」

「面子は？」そう尋ねながら、まったく乗る気はなかった。

佐久間はそれを鋭敏に感じ取ったのだろう、答えがおおざっぱだ。「D組の人は船田と高木《たかぎ》君と橋本《はしもと》君かな。全部で二十人くらいいると思う」

坂井は参加するのだろうか、となんとなく思いながら、「いつの間にかずいぶん増えてる」と、受けた。

佐久間は苦笑した。「新君を誘わなかったのは、サークルの主旨が変わってきてるからだよ。むしろ、気遣い」

俺は高木と橋本の顔を思い浮かべた。高木というのはメガネ君Aだ。橋本はあまり印象になかった。

「自習とは自習時間の略であるＱＥＤ、って真顔で言いそうな人ばかり集まった。撞《どう》着論法《ちゃくろんぽう》だと指摘しても、きょとんとされそうだよ」

佐久間が笑っているからつられて笑う。

「あの最初の実力テストが影響したと思う。すっかりS進に入るための勉強会になっちゃって。最初にテストを持ってきた学校側の操縦法が上手かったんだろうね。感心したよ」

「あの岩田ってのは、怒ってるんじゃないの?」

「岩田君が一番熱心だよ。テストで高校入試組に惨敗したらしくてさ。現A組だから発言力もあるし、結局、落ち着くべきところに落ち着いたんだろうな」

佐久間はそんな皮肉を言いながらも、失望や落胆といった表情は一切見せなかった。

「やめればいい」俺は本当に佐久間のことを思ってそう言った。

「かもね」その返答はただの相槌だった。

俺は煮え切らない佐久間の態度にだんだんイライラしてくる。

「それでも約束は約束だから。連休は彼らと一緒に過ごしてみるよ。いよいよ厭になったら抜けるかもしれない。まだ分からないから」

「十分先が見えてる気がするな」吐き捨てて、俺は机に向き直る。

「でも、新君も僕と同じじゃないのかな?」佐久間はその俺の背に向かって、なおも語りかけてきた。佐久間にしては執拗だ。「ランニングも筋トレも続けてるのに、野球部には入部しない。野球部のキャプテンが誘いにきてるらしいね」

「先が見えてるから入部しないんだよ」アンダーラインの引かれた教科書に俺は目を落とす。

「入部のことじゃなくて。君は、転校しようとしないだろ」

握っていたシャーペンを教科書に置いた。振り返ると、佐久間は背を向けていた。机に頬杖を突いて、ページを繰っている。声だけが聞こえてくる。

「真剣に野球に打ち込むなら転校すべきだと、君は知っている。でも、君はそうするのをなぜか躊躇《ためら》っている。そんな自分に戸惑っているみたいだ」

「全然違う」いや、違わないのか。

「新君が躊躇うのは当然だよ。この学校は誰でも入れるところじゃないんだから。君は現実の狭間《はざま》で身動きが取れなくなっているんだ。そんな自分が苛立たしいんじゃないのかな」

佐久間に限らず、俺は誰にも何も相談したことはなかった。それなのに、佐久間は英文和訳の間違いを指摘するときと同じく、正しいポイントをついてきた。俺は転校について真剣に考え始めていながら、それをいつも棚上げにしていた。募るのは、部室棟を見ないように通学するときの苛立ち。放課後の空き時間を持て余して、ランニング距離を伸ばしている自分に対する戸惑い。先行きの不安と焦り。佐久間は真っ向からそれらの問題点に切り込んできた。

「君は転校できないよ。少し、その気持ちが分かるんだ。僕だって、これでもずっと期待されてきたんだよ。家族や親戚や友達やいろんなしがらみがあって、そんなものどうでもいいと思っても、簡単に振り切ったりできない。もちろん、いまだって期待されてる。それを裏切ることはなかなか難しい。期待されなくなって周りが離れていくんじゃないかっていう不安とはちょっと違うんだ。周りが離れてしまえば、きっと僕は楽になる。でも、彼らは離れたりしないよ。僕が期待を裏切っても側にいてくれる。だからこそ、期待を裏切ることができない。そういうしがらみに、いつも束縛されている。自分でなにかを選ぶ権利なんてもうないんだって思ってるよ」

俺は佐伯の言葉を想起する。

才能のある奴には責任があると思わないか?

「勝手な理屈だ」佐久間に対して言ったのではない。それは察したのだろう、彼はゆっくりと振り返り、それから柔らかく微笑んだ。

「もちろん勝手だ。よく夢を託すというよね。こういうことを言うと誤解されるかもしれないけど、僕はこの夢という言葉が大嫌いだ」

佐久間の言葉に驚いて、生唾を吞んだ。

「夢というのは託す側の人間が、僕以外の誰かが、僕に対して使う言葉だ。自分の夢なんてものは存在しない。それが自分のものになったとき、それは夢じゃなくて、呪いだよ。誰も自分のためだけには生きられない。新君もそうだったんじゃないかなと、ちょっと思っただけさ」

期待。託された夢。呪い。親父の言葉を思い出す。兄貴の言葉を思い出す。本棚に置いたフィギュアをぼんやり見つめる。

「野球で活躍していた頃と海應に合格したとき。君は二つの時点での、周囲の人たちの喜ぶ顔や期待感をいつも比較している。期待されて嬉しいなんて、一瞬だよ。そんな無邪気なままではいられない。期待はいつか呪いに変わる。期待されることで束縛を受ける。日本にはエリートがいないと誰かが言ってたね。僕はそうは思わない。エリートはいる。エリート階層とは自分の自由を失った一握りの人たちのことだ。ノーブレス・オブリージュという呪いに掛かった人たち。それを自覚している人たち。いい大学に行き、一流企業や省庁に入り、そこで出世し、楽しく裕福に暮らして、引退後には十分な年金を保証されて回想録でも書くような、そんな人がエリートだなんて僕は思わない。それらすべてが、実は他人にやらされていることでしかないと自覚して、自分の人生を浪費して死んでゆく、そうした人たちが本当のエリートじゃないかな」

佐久間が誰のことを念頭に置いて語っているのか、俺には分からない。

「僕らに選択の自由なんてない。少なくとも、エリート進学校と呼ばれる学校に通う以上、期待は自分のものじゃなくなっている。みんな怖いんだ。自習は自主的な学習でも自由な学習でもない。自由も自主性も最初からないからね。でも、だからこそ、勉強できるんだよ。テストでいい点をとっても嬉しくもなんともない。それなのに、点が悪ければ落ち込み、焦り、困惑する。当たり前のことができない自分に苛立って全てを投げ出したくなる。けど、それさえできない。許されていない。これは、呪いだよ」佐久間は俺の顔をジッと見つめて、唇を歪めた。「君がランニングや筋トレをやめられないのと同じじゃないかな」

だんだん混乱してきた。安達や佐伯がへたくそだからムカついたのか。それとも、自分の球威が中学の頃より落ちていたからムカついたのか。

「夢って言葉は、俺もずっと嫌いだった」俺はぼんやりと呟く。

「大丈夫。新君は呪いのない人生を歩めない」あまり大丈夫なことのようには聞こえなかった。「この学校はそういう人ばかりだと思っていたんだけどね。もしかすると、高等部に進学した初日に新君と会ったのが悪かったかもね」佐久間は屈託なく微笑んで、「だから、サークルを作ろうと思い立ったんだ。でも、やっぱり一部の人にしかこの気持ちは分からないんだ。東大への進学者数が全国一位だと、うちの担任は繰り返し言うんだけど、きっとそれが呪いを解く鍵なんだ。彼らは来年S進コースに入るか、三年後に東大に合格すれば、呪いから解放される。そのために勉強し、いまを犠牲にしている。大学に入るまでの雌伏の期間だと割り切れる。そう思っている以上、実際にそうなる。でもね、本当に呪われてしまえば、終わりなんてないんだよ。切実さが足りない彼らは、僕には必要のない人たちだった」

「サークルを、どんなものにしたかったんだ？」

「一生呪われる人と連携したかったんだろうね。同じ場所に立っていないと見えないものって、確かにあるだろ？」

眉を顰めて佐久間を見た。佐久間の言っていることが、なんとなく理解できる自分が気味悪かった。

俺と佐久間との間にはほとんど共通点がない。彼はキャッチボールさえしたことがない。寮に入った動機は、受験のための自習が目的ではなく、親元を離れたかっただけだ。それが嘘だとしたら、センター試験の選択外国語に採用されていないスペイン語やイタリア語を勉強したりしないだろう。それでも、そんな佐久間に親近感を覚えるのはなぜだろう？

「新君は野球をやめることができないのと同時に、この学校を辞めることもできない。相矛盾する二つの呪いに掛けられて、いまは戸惑い、苛立ち、身動きが取れなくなっている。けど、大丈夫。そんなのは、時間が解決するよ。そんなのは、本当に、ささやかな問題なんだ」

佐久間の声は優しげに聞こえるが、内容はあまりに辛辣だ。なんでもないことのように微笑んだまま、彼は言う。

「だって、それは最初から君にはどうしようもないことなんだから」

俺はふと思い立って質問した。ずっと佐久間に答えを教えてもらおうと思いながら、いままで忘れていた問いだ。

「ニーチェと平家物語の間には親和性があるのか？」

「ないよ」佐久間は即答した。「ニーチェはそれでも生きろと言うけど、平家はそれなら死になさいと言う」にっこりと優しい笑みが浮かんでいる。「ただ、気持ちが落ち込んでいるときに読むなら平家にしたほうがいいね。生きろと言われると、むしろ死にたくなってくるから」

section ④の2
セバスチャン

佐久間の話を聞いても気が楽になることはなかった。佐久間は彼が考えている当たり前のことについて話しただけで、それ以上のなにものでもない。

俺は図書館でニーチェ全集を借りた。寮に帰って全集1から3までを適当にパラパラ捲《めく》っている俺の姿を見て、「忠告したのに」と、佐久間は笑った。

そうだ。唯一の忠告は、気分が落ち込んでいるときにニーチェを読むな、だった。

佐伯が日課になっている昼休みの訪問に訪れたときも、俺はニーチェ全集1を繰っていた。

「教室でニーチェなんか読んでる奴を見たのは、石川以来だ」と、佐伯が笑った。俺は反応しない自分を顧みて、我ながら石川みたいだ、と思った。「新も来ないし、安達も来ない。野球部は戦力ダウンだよ」

あの昼休みの諍《いさか》い以来、安達は部に顔を出さないと、佐伯がいつか言っていた。まだその状態が続いているらしい。まるでそれが俺の所為であるかのように口にするのが癪《しゃく》に障った。

「石川さんはいるでしょう」と、冷たくあしらった。「あいつは部室を図書館と勘違いしてるからな」と佐伯は笑った。

思わず吹き出した。とっさに自戒して顔を顰めたが、佐伯はここぞとばかりに、安心したような口調で踏み込んできた。この人は本当に根気がある。

「なぁ新。経験者の意見を聞きたいんだが、部員に熱意を持たせるいい方法は何かないかな?」

きっと石川のことを言っているのだろう。あの亡霊に熱意を持たせるという想像が少し可笑しくて、活字で疲れた目を佐伯に向けた。

「試合でもすればいいんじゃないですか」

「試合なぁ」と、佐伯は真剣に考え込み始めた。試合になんかならないだろうが、と俺は意地悪く思う。「練習試合を組んだら、お前、投げてくれるか？」

「村田さんにも謝っておいてください」再び本に目を戻した俺は、はっきりと拒否の姿勢を示したつもりだった。だが、佐伯はその意図が汲《く》めなかったのか、「お前、村田と知り合いなのか？」と、驚いた声で訊いてきた。俺はチラと目を上げたが、今度は何も言わなかった。

「村田は部に悪い影響しか与えない」佐伯は苦々しく吐き捨てるように言った。「もしあいつとトラブったんなら、気にしなくていいからな」

佐伯がなにを言っているのか、よく分からなかった。「村田さんから俺のことを聞いたんでしょう？」

「いつ？」佐伯の表情が不審だらけだ。どうやら、話が嚙み合っていない。

「最初の日ですよ。佐伯さんがここに来た最初の日」

佐伯は記憶を探るように1Dの教室を見回して、「村田からお前のことを聞いたことなんか、一度もないぞ」

「え？」

では、佐伯は自分でリサーチして俺をスカウトしにやってきたのか。しかし、口にされた答えは予想もしないものだった。

「お前が入部したがっているって言ってきたのは、石川だぞ」

「え？」俺は思わず全集に目を落とした。そんなところに石川はいない。

「あ、そうか。お前は前から石川と知り合いだったのか」独り合点で佐伯は勝手に納得した。「かなり強く勧められたから、俺も不思議だったんだ。安達を連れて行けって——」言葉を切った彼は急に目を剝いて、「そうか、そういうことか！」と、声を張り上げた。なにがそういうことなのか俺には分からないが、佐伯はとても嬉しそうだった。「それなら石川を連れてきて、もう一度仕切り直しだ」そそくさと席を立った佐伯は、慌ただしく教室を出て行った。

その日以来、佐伯は現れなくなった。


連休直前の金曜日。ホームルームが終わり、担任が出て行った数分後に教室を出た俺は、ドアの向こうに立っていたメガネを掛けた外国人とぶつかった。

ノーネクタイで背広を着ている、茶色い髪をしたまだ若い男性だった。三十代半ばだろうか。俺より少し背が高い。

「失礼しました」と、彼は銀縁のメガネを直しながら甲高い声で言い、そのメガネを掛け直すと、繁々と俺の顔を見つめた。人差し指を突き立てて、自分の鼻先を撫でるように叩いている。

「すみません」軽く会釈し、彼を避けて歩き出した。が、背後の気配が消えない。ぴったり後ろにその大柄な外国人が張り付いているのが分かった。不審と苛立ちの混ざった不快な思いで、俺は振り返った。

「何か用ですか?」

「私はサリナス先生です。ドイツ語の先生なのです」彼はにこやかな笑顔で言った。「この高校の一年生先生なのです」一年の担任、ではない。たぶん新任だと言いたいのだろう。

相手は俺の渋面などまったく意に介さない態度で、「セバスチャンと呼んでください」と続けた。

なんだか執事みたいな名前だな、と思った。

「どうしたの、真之介」何人かの女子生徒と一緒に廊下を歩いていた坂井がトラブルの雰囲気を感じたのか、首を突き出し覗き込むような姿勢で近付いてきた。

その坂井は先般からこの外国人に気付いていた様子で、「セバスチャン、こんにちは」と、愛想良く挨拶した。

「こんにちは、マオ。しっかり勉強していますか?」セバスチャンはにこやかに返礼した。

「お蔭さまで」

「お蔭さまで。あなたは本当に素晴らしい日本人女性ですね」

「そういうのセクハラですよ」

「お蔭さまで」と、セバスチャンは言った。使い方おかしいぞ。

「知り合い？」俺は坂井に小声で尋ねる。

「へへ、情報通でしょ」と、彼女は誇らしげに胸を反らし、「何日か前に部室棟の辺りにボーッと立ってたから、練習ないみたいですよって教えてあげたの。セバスチャン、一年生先生だから迷子になったんだよね」と、事情を説明した。

「練習？」

「セバスチャンは野球部の監督だよ」最後はきょとんとした顔になっていた。知らないの、と言わんばかりの表情だった。

監督は外人なのか？　じゃあ、こいつが佐伯の言っていた高校球界にその名を轟《とどろ》かす名伯楽なのか？　いや、確か鬼監督は辞めたと村田は言った。

不審な気分でドイツ語教師に目を遣ると、相手はこちらに横顔を向けたまま坂井と相対し、拝むように両手を合わせて会釈していた。

「あのときは助かりました。マオに会わなかったら、私はずっとあそこで待って、風邪を引きました。いまもまだ風邪気味なのです」

風邪引いたのか引かなかったのかどちらかにしてほしかったが、坂井は相手の体調を気にすることなく、背の高い外国人教師を見上げて、「こんなところで何してるの？」と訊いていた。それはむしろ俺がお前に訊きたい。

「新君に会いにきました」ドイツ語教師はへらへらしながら答えた。

「真之介に？」坂井が訝しげに俺に目を向ける。

「そうです。シンノスケです」

あなたに真之介呼ばわりされる謂《いわ》れはありませんが？ と思ったところへ、廊下の向こうから佐伯が走ってきた。「あれ、監督？」

「いいえ、私はサリナス先生です。セバスチャンと呼んでください」

聞き咎《とが》めるように、外国人は振り返って言った。その感じがメガネ君Cの執拗な自己紹介癖を連想させて、ますます胡散臭《うさんくさ》さを募らせた。鬼監督の代わりに就任した新監督ということか。

ドイツ語のサリナスは少し身を屈めて坂井に目を戻した。「それでは、マオ。私はシンノスケに用事がありますから、今日はこれで」

坂井は教師に右手を挙げて、「じゃあまたね。セバスチャン」と、愛想良く言った。

正直言って俺はセバスチャンに対して、まったく好印象を抱かなかった。

坂井が去ってからも、俺と佐伯とセバスチャンは廊下に立ち尽くしていた。連休前の放課後、声を弾ませて生徒たちが行き交う廊下の真ん中に、ふたりは俺の前後を挟み込む形で立っていた。

このフォーメーションはいったい何のつもりだ？

「実を言いますと、私はあなたを勧誘にきました」

へらへらしたセバスチャンは、おもむろにそう言った。

ついに佐伯は監督まで勧誘に動員したらしい。俺はいよいよ仏頂面をしていたのだろう、「いいのですよ。仲良くする必要はありません」と、まるでこちらの気持ちを汲み取るかのようにセバスチャンは笑う。

人懐っこい笑顔だが、言っていることと一致してなければ胡散臭いだけだった。

「仲がいいということには、打算があります。仲良きことはあまり美しくありません。それは佐伯君もよく知っているのです。知っているから、あなたを誘うのです」彼はその瞳に少しだけ熱を籠めた。「優秀な人とそうでない人は、同じ世界にいないのです。見ている景色が違うのです。佐伯君は自分があなたと同じ景色を見ていないことを知っています。ところが、あなたは佐伯君が自分と同じものを見ていると思っています。それが間違いの元なのです。チームメイトはあなたの手下ではありません。友達でもありませんよ」

流暢《りゅうちょう》な日本語だが、意味が分かって言っているのだろうか。

「あなたは野球部を仲良しクラブだとでも思っているのですか？」へらへらしているくせに、挑発するようなことを言ってくる。

つい佐伯に目を遣った。この外国人がいったいなにを言っているのか、通訳して欲しい。しかし、佐伯はどこか淋《さび》しげに微笑むだけで、何も言わない。

「おや。まだ分かりませんか？　チームプレイなどは幻想なのです。野球は九人でするのではなく、ひとりでやるのです。チームに九人いるのではなく、プレイする人が九人いるのです」

俺はずっと眉を顰めていた。さっぱり分からないし、無性にムカつく。

「みんながそれぞれ自分の野球をやり、たまたま九人一緒にいれば、それが野球のチームです。簡単な足し算なのですよ。一足す一は二なのです。それ以上を求めても、得られるものはありません。分かりますか？」

「全然分かりませんが？」

セバスチャンはニコニコしたままだった。とても厭味な笑顔だった。

「あなたは私が思った以上に頭が悪いのですね。野球は役割分担がしっかりしているスポーツなのです。グラウンドを走り回ることもなく、ポジションを入れ替えることもありません。ピッチャーはボールを捕るために、センターに走ってゆきません。ピッチャーが同時にキャッチャーであることはできません。フットボールとの大きな違いです。他の人がどう動くかなど、プレイする人が考える必要はないのです。それはそのポジションの人の野球なのです。他人の野球を奪う権利は、ほかの誰にもありません」

「あんた、野球を舐めてるだろ」

「ナメテル?」セバスチャンは小声で佐伯に問い質した。佐伯が「侮辱しているという意味です」とやはり小声で囁くと、「ああ」と納得したように頷いて、「はい、舐めます」と、言った。

俺はそれ以上、耳を傾ける気がなくなった。

その場を去ろうと歩き出したとき、セバスチャンが俺の右手首を摑んだ。驚くほど力強い手で、振り払おうとして払えなかった。

「その手を放していただけませんか、サリナス先生?」

陰険に睨みつけながら慇懃《いんぎん》な断りを入れた俺に対し、セバスチャンは巧みに肘を入れて、いきなり腕を捻りあげた。問答無用なのだと、そのとき気付いた。気付くのが遅かった。

「私はあなたの致命的な弱点を知っています」

「放せ!」逆関節を決められて、身動きが取れない。

「あなたの弱点は、五十歳のようなそのコチコチの頭なのです。あなたはなにひとつ自分で考えようとしません」

俺が顔を顰めたのは意識してのことではなかった。耳まで火照《ほて》ってくる。

外国人はまったく力を緩めず、更に締め上げてくる。微温《ぬる》い吐息が耳にかかった。こいつ、絶対わざと吹き掛けている。

「そうなのです。あなたは自由を放棄しているのです。とても十代の少年とは思えません。もっと我が儘にプレイしていいのです。あなたのやりたいようにやればいいのです。そうすれば、あなたはファンタジスタになれるのです」

「ちょっと、先生!」俺の顔が苦痛に歪んでいる様子を見て、さすがに心配になってきたのだろう。佐伯がセバスチャンの肩に手を当てて、止めようとする。それでもセバスチャンはニコニコと笑っているだけだった。

佐伯が勢い込んで声を上げた。「ファンタジスタは、サッカー用語じゃないんですか?」

そこはほっとけよ、頼むから。

セバスチャンが俺の頬に顔を寄せる。無精髭《ぶしょうひげ》が顔に当たって気持ち悪い。「それに、私はあなたをエースとして勧誘するのではありません。アドバイザーとして誘っているのです」

「え?」ギョッとした顔で彼を見たのは、佐伯だった。

「だから、あなたがうちの野球部に興味がなくても、ぜんぜん構わないのです。コーチですよ。ときどきコーチ」

「絶対に厭ですね」

「まぁ、強情な人です」と呟いて、益々腕をねじ上げた。「痛いって。ちょ、マジ折れるから!」「大丈夫です。私は五十二のサブミッションの三つを使えます」「大丈夫の意味が分かんねえ!」「協力してくださいよ」「厭だって言ってるだろ」「ときどきで――」そう言って、セバスチャンは両手を使って手首に捻りを加えた。「――いいですから」

筋を痛める、とっさに危険を感じた。右腕の筋だ。「分かった。分かったから、放せ！」

俺が叫ぶと、少しだけ力が緩んだ。「ああ、よかったです。これで安心です。本当に協力してくれますね」「協力する。するから、手を放せ」

誰がするか、バカ。

「では、ついてきてください」腕を決めたまま、セバスチャンは俺を先に立たせた。

「おい、どこ行くんだよ」すぐ背後から、地味に俺の尻を撫で回している。

「どこに行くんですか？」と、佐伯も不安そうな顔つきで訊く。

俺は後ろ足に蹴り上げた。「ケツに触るな！」

セバスチャンは俺の腿の裏に空いた手を移していた。「佐伯君は練習に行っていてください。私はコーチと『ときどき会議』をしていますから」

「ときどきでいいっつっただろうが」

「そうです。ときどきです」押し出すように肩を入れてきて、俺は身動きが取れなかった。

廊下で行なわれたそんなやり取りを横目に見ていた生徒たちは、唖然としたまま、声を出すことさえなかった。こんなことを許していていいのか？

俺はとっさに日本人の政治的無関心について考えた。

「では、一緒に野球を見ましょう」と、セバスチャンは言った。教務棟一階にある職員室。彼の席はフロアの真ん中辺りだった。一般棟二階から北東へ渡り廊下で連結している教務棟は、陽当たりがあまりよくなかった。

この二階建ての小さな建物には、初めて足を踏み入れた。階段のすぐ側にある職員室は外に面した窓の全てが少しずつ開いていて、吹奏楽部の奏でる陽気なマーチが室内にまで届いていた。職員室という場所は妙に人工的な匂いがする。中学の職員室もこれと同じ匂いがした。

職員室に入ってすぐ、1Dの担任が「セバスチャン」と、親しげに声を掛けてきた。

「さっそく新に目を付けたのか。こいつは入学早々野球部に入りたがっていたからな。期待のルーキーと言ったところだろ」

そんな挨拶より、まず腕を決められている生徒の不自然さに気付いて欲しい。

「紹介していただいてありがとうございます」「いやいや、紹介というほどのものではないよ」と担任は照れるように謙遜したが、「いいえ。経験者がいるといないでは大違いなのです」セバスチャンは深く頭を下げた。

それから余所者である俺を自分の席に座らせて、どこかから調達してきたスチール椅子を隣に据えた。

職員室には教職員が密集していた。なのに、誰も俺たちに気を払わない。ときどき何気ない観察の目が俺を捉える。それでも、何も言わない。

俺を椅子に固定し「ちょっと待っていてください」と断った彼は、職員室の壁際にある棚のひとつに向かった。

数枚のＤＶＤケースを握ってセバスチャンは戻ってきた。

「私も見るのは初めてなので、ドキドキしています」

「それは？」

「去年の夏の県大会のＶＴＲです」なぜか小声のセバスチャンだった。

多少は興味をそそられたが関心はおくびにも見せず、「あ、そう」と呟く。

セバスチャンは机の下に押し込んでいた鞄からノートパソコンを取り出し、机の上に置いた。ケースを適当に一枚抜いて、ＤＶＤをセットする。

「いまの部員もいるのか？」さりげなく尋ねると、「運がよければそうです」という、かなり頼りない返事が返ってきた。

モニターに映し出された野球の試合は、素人が撮影したような荒い画質で、内野席から映したと思われる冷ややかな映像だった。ときどき思い出したようにズームするモニターのなかに、安達と村田を見付けた。彼らは一年の夏からレギュラーだったのか。いや、三年がいないのだから、他校の一年生レギュラーとはかなり意味合いが違う。

ビデオを見ている間に、何人かの教師が俺たちの背後を通り過ぎた。「それはうちの野球部ですか？」のほほんとした顔でちょっと立ち止まって、モニターを覗き込んでくる。「そうなのです。野球部です」セバスチャンの優雅な作り笑いを受けて、教師のひとりは俺の座った椅子の背に手を掛けさえした。野球だというのは見れば分かるだろう。それよりもっと他に言うことがありはしませんかい、先生方？

途中から鑑賞する気がまったくなくなっていた。かなりだるい試合だ。エラー数を競っているような泥仕合。両チームとも見事にストライクが入らず、三つアウトを取るまで何十分かかるんだと突っ込みたくなる回の長さだった。ときどき目の覚めるようなバッティングが出るが、それもたまたま振ったバットにボールが当たったという打撃で、打った本人が一番びっくりしている。安達はもう少しマシかと思っていたのに、見立てが甘かった。続々とトンネルしたりお手玉したりお見合いしたりとエラーばかりが続くと、まるで珍プレイ集だ。

気付くと、俺の首筋には気色悪い鳥肌が立っていた。連続押し出しで相手チームが三点追加したとき、セバスチャンが尋ねてきた。

「どうですか。ここまでで気になる点はありますか？」

むしろ気にならない点を教えて欲しい。「もっと練習したほうがいいんじゃないですか」

「私が一番気になるのは、ここですね」

セバスチャンはモニター上に人差し指と親指を広げて載せた。ワンアウト満塁のまま、内野を収める俯瞰《ふかん》ショットだった。人差し指がマウンドを、親指がバッターボックスを押さえている。

「ここをよく見てください」制球が悪すぎると言いたいのだろうか。

「うちのユニフォームのほうが地味です」

そこはどうでもいいだろ！

セバスチャンは試合途中で、ＤＶＤを取り出した。

「まぁだいたい分かりましたね。では、グラウンドに行きましょう。今日は待ちに待った練習日です。一発ガツンとかましてやりましょう」

「俺はもういいだろ？」勝手にかませ。

すると、慌てたようにセバスチャンは首を何度も横に振った。狼狽気味の声で捲し立てるが、この外国人の仕種は全てが嘘臭かった。「ダメですダメです。どうせ暇なのでしょう?」それは多感な高校一年生に対して、一番言ってはならない言葉だ。「とにかく付き合ってください。余興だと思えばいいのです。勉強ばかりしていると、頭が良くなってしまいますよ」

……いや、それはいいじゃねえか。

好き勝手に言いたいことだけ言って席を離れるセバスチャンに、「おい」と、俺は不貞腐れ気味の声を掛けた。「おい、そこのセバスチャン」うるさそうに彼は振り返った。「なんですか? 私はそこのセバスチャンではなく、ここのセバスチャンなのです」

不覚にも、言い換えられた言葉の意味を少し考えてしまった。

大きく溜息を吐いた俺は自分の身体を示すように、首を右に左に傾けながら一八〇度回転させた。顎先で指し示したのは、一体化している椅子と俺。

「このロープをほどいてくれないと、立ち上がれないんですけど?」

セバスチャンは俺が逃げ出さないように、椅子に縛り付けていた。

「ああ、あんまり自然なのですっかり忘れていました」そう言いながら、ようやく俺を椅子から解放した。

俺は職員室内を睨みつけるように見回す。教師たちはそれぞれの机で書き物に耽っているふりをして、目を合わせようとしない。あんたら、よくも無視し続けてくれたな。教育委員会に訴えてやる。

「ただ、ひとつだけ重要な問題があるのです」と、ごくごく自然にセバスチャンは言った。だからひとつじゃないだろ！　ロープを抽《ひ》き出しに戻しながら、また椅子に腰を下ろした彼は、「う〜ん」と、一声唸《うな》った。とんでもないチームを引き受けたものだとやっと後悔したか、と意地悪く冷笑していると、「いまひとつルールが分かりません」と、言い出した。

「ちょ……」俺は教育問題を棚上げにするほど脱力した。こいつは何を言い出すんだ？「あんた、仮にも野球部の監督だろ？」

俺の声があんまり大きかったからか、教職員の目がこちらに集中した。

セバスチャンはまた狼狽えて身を屈めると、「シーシー」と、両頬に引いた一文字の口の上に指を立てる。「クラブの顧問になると少しだけお給料が増えるのです。それで私は引き受けただけなのです」益々小声になってセバスチャンは言った。そんなことを生徒に暴露するな。「フットボールは大好きなのですが、野球は初めて見ました。もしもあったなら、アニメ研究会の顧問が良かったのですけど」恋をした文学少女のような淋しげな声だった。俺はお前に何を言えばいい？

「前の監督はどうしたんだよ。ちゃんとした監督は」

うんざりして吐き捨てると、今度は一斉に職員室の目が集中した。

「あ、それはタブーです。新君」セバスチャンは人差し指で小さくバツの字を作った。

「なにがだよ？　四年前には県大会の準々決勝まで残ったんだろ。功労者じゃないか」

「あなたはこういうジョークを知っていますか？　『あんまり兎を狩りすぎて山に兎がいなくなると、代わりに猟師が煮物にされるのです』」

怖いことを言うな。

「言いたいことは分かるけど、それをジョークだと言い張ると怒られるぞ」

「私は兎がいなくなれば、犬を食べずに魚を食べればいいと思うのです」セバスチャンは自分の台詞に首を傾げる。

「ギロチンに掛かれ」俺はもはや呆れて言った。

「掛かったのです」セバスチャンは喉元に指先を置くと、擬音まで立てて仰々しく首切りのジェスチャーを示した。「真面目な監督さんだったのです。厳しい人だったのです。彼にとっては、それが野球だったのです」

「話が見えないんだけど？」

同情するような薄い笑みを浮かべたセバスチャンは、俺に顔を近付けて声を潜めた。

「部員の父兄さんから苦情が届いたのです。とってもたくさんの父兄さんが一緒になって、学校に苦情を申し立てたのです。息子さんの身体にできた痣を発見したそうです」

痣？　とっさにグロテスクな想像を催したが、セバスチャンは存外に真面目な顔つきで、「ボールが当たったのです」と、あっさり言った。

俺は、困惑した。

「以前から野球部員の父兄さんからの苦情は多かったみたいなのです。もっと練習を軽くしてほしいという要望ですね。こんなことを続けていたら、勉強が疎《おろそ》かになるという父兄さんのご尤《もつと》もな意見なのです。そして昨年、打ち身の怪我が問題になったのです。これはもうレクリエーションではない、こんなことをやらせるために息子をこの高校に通わせているのではない、という、やはりご尤もな父兄さんのご意見だったのです」

「練習がきついとか、ボールが当たって怪我をしたら困るとか、それだけのことで苦情がきたって？」問題になる理由が俺にはまったく分からなかった。「どこがご尤もなんだよ。そんな要求が通るかよ。誰も説明しなかったのか？　痣ができるのは、ボールを取り損ねるからだろ。へたくそだから、痣ができるんだ。そんなに練習がイヤなら、退部すればいいじゃないか」

「監督さんも最後にはそう主張したのです。しかし、退部は論外なのです。内申書に響きますから」

寒けが襲ってきた。安達が言っていたのはこのことか。そう言えば、佐伯も言っていた。練習は厳しかった、ノックでからだ中が痣だらけになった。それにしたって……。

「四年前、ずっと一勝もできなかった野球部が準々決勝まで進みました。学校の人たちは驚きました。それ以上の結果を監督に期待しました」セバスチャンは壁紙に戻っているモニターを一瞥《いちべつ》した。「しかし、ご覧の通りです。野球部はいつまでもへたくそでした。頑張って練習しましたけどね。努力というのは、多くの場合、無駄なのです」

職員室にいるんだから、少しは教師らしいことを言えよ。

「残された結果は、部員の痣なのです」セバスチャンの声が小さくなってゆく。「ところが、その監督さんはおとなしい人ではありませんでした。不当な解雇だと申し立てて、いまも法廷闘争が繰り広げられています。公になると、学校のイメージが地に堕《お》ちるのです。あんまり騒ぎ立てたくないのです」セバスチャンは大仰に顔を顰めて、指を口元に近付ける。シー。「そういうことですから、もう新しい監督さんは招きません。誰も、去年の校長先生みたいに更迭されたくありませんから。内緒ですよ」

「――サリナス先生？」

背後から陰気な低い声が聞こえてきた。顔を寄せ合って机に隠れるように話していた俺たちは、驚いて振り返った。

定年間際の年齢に見える、顔中に皺の寄ったしかつめらしい男が立っていた。俺とセバスチャンを睥睨《へいげい》するように見下ろしているその男は、重苦しい瞼《まぶた》が印象的な、如何にも小煩《こうるさ》そうなハゲ親爺《おやじ》だった。

「ああ、若松《わかまつ》先生。ご機嫌はいかがですか」

セバスチャンは頑張って誤魔化そうとしたのだろうが、その挨拶は如何《いかが》なものか。

「生徒に余計なことを吹き込むのは慎んでもらわないといけませんな。あなたには、そろそろ教師の立場を自覚していただかなければならないようです」

「いいえ。私は余計なことなど言うつもりはないのです。野球部について生徒から相談を受けましたから、つい熱くなっていたのです」

えっと……それは俺があんたに相談していたという意味か？

若松は軽蔑するような視線をセバスチャンと俺に向けて、それから鼻でひとつ笑った。セバスチャンが軽蔑されるのは当然だが、なぜ俺まで一緒にバカにする？

若松は余所見しながら、どうでもいいことのように吐き捨てた。

「先生が野球の素人だということくらい、重々、我々も承知しておりますよ。ただね、野球部の成績がどうあろうと、うちのような高校にはあまり関係ないのですからね、あまり熱血ぶりを発揮されるのも、如何なものかと思いますよ。生徒たちは日々、受験に備えて尽力しているのですから、怪我などさせては元も子もありません。老婆心ながら、これは先達からの忠告と受け取ってください」

俺はまったく野球部と関係のない部外者だが、その言葉にはちょっとカチンときた。

「お言葉ですが、若松先生？」俺は首だけ回して彼を睨みつけた。「サリナス先生は結果を残すつもりでいるんです。野球部が甲子園に行けなかったら、顧問の手当ては要らないと言っています」

目を剝いたセバスチャンが、慌てて俺に顔を向けた。これまでの彼の仕種のうち、最も俊敏な動きだった。

「ほぅ。それは本当ですか、先生」

「いいえ。それは嘘です」セバスチャンはあっさり言った。

俺はそのセバスチャンにまたカチンときた。「ほぅ」と、若松先生の口真似をし、「生徒に平気で嘘を吐く先生がこの学校にいらっしゃるとは思いもしませんでした。いま野球部員はサリナス先生の言葉でやる気になっているというのに、哀しいことですね。ひとりの先生が嘘を吐くと思ったら、全部が嘘に思えてきますよ。もしかして、東大への進学者数がここ十年ずっとトップだというのも、嘘なんですか？」

職員室が少しざわめいた。佐久間から聞いたからくりが裏付けされたかのようだった。

若松先生ひとりは表情を崩すことなく、呆れたように首を横に振って、「サリナス先生、あなた、この生徒に嘘を吐きましたか？」と、威圧するように尋ねる。

セバスチャンはただ漠然とへらへらしていた。お前は八〇年代アメリカ映画に出てくる日本人観光客か？「私は嘘など吐かないのです。しかし――」

若松は言い訳を制した。なにやら敵意のようなものを感じる陰険さだった。「いいですか、サリナス先生。我が海應高校に『しかし』はありませんよ。常に、『そして』です。常に、前に前に進んでゆくのです。それが、必勝の精神です。以前の野球部監督は、しょせん部外者でしたから、我が校の校風を理解されなかったのも仕方ありませんが――」ひどい言われ方だな。「あなたは我が校の教師ですから、それくらいよくご理解されていることでしょう。だとすれば、当然、あなたが野球部の成績を上位にまで引き上げてくださるのでしょうね」前に前に進んでいたら、あんたもとっくに教頭になっているのでは？　という皮肉を俺は頑張って呑み込んだ。「そういうことでしたら、私のほうから理事長にそう――」

今度は、セバスチャンが若松の台詞を途中で制した。

「――二年です」

いきなり椅子から立ち上がったセバスチャンは、やはりへらへら笑いながら、相手の面前に指を突き立てた。Vサインだ。狂ったのか？

セバスチャンは続けて敢然と言い放った。

「私は二年でこの野球部を甲子園に連れてゆきます」

おいおい、いきなり何を言い出すんだ、このド素人は！

セバスチャンはわざと若松の目線を隠すように右手の位置を少し修正し、妙に悦に入ってちょっとカッコつけている。頭がおかしくなったとしか思えない。

職員室は圧倒されたかのように、シンと静まり返った。若松の声だけが吹奏楽部の演奏するマーチをBGMにして轟く。

「そ、その手を下ろしなさい！　そうした態度を目上の相手に対してとることは失礼ですよ」

セバスチャンは子供みたいに一度右手を前に突き出して、驚いて仰け反る若松先生を確認すると、下ろした手を俺の椅子の背に掛け、斜に構えた姿勢でフッと鼻で嗤った。

若松のこめかみがぴくっと蠢《うごめ》いたが、セバスチャンは益々、図に乗って挑発する。

「そうなのです。あなたにはクラブ活動など、時間の無駄としか思えないのです。しかし、私には違うのです！」熱血青春ドラマにでも出てきそうな教師の台詞だが、なにが違うのかはよく考えてみよう。

「あなた、本気で言っているんですか？　うちの野球部が甲子園に出場するですって？」若松の発した「甲子園」という声の前には、ちょっとした逡巡《しゅんじゅん》の間があり、語尾には嘲笑の色が浮かんでいた。

「私は二年で野球部を甲子園に連れてゆきます！」

職員室のあちこちから失笑が漏れた。もちろん俺も眉を顰めている。

心配するな、とでも言うような温かい目で俺を一瞥したセバスチャンは、再びケンカ相手に目を据えた。

「こっちは、あんたが素人だということくらい分かっとるんですよ！」若松は自分が侮辱されたとでも言うように、重たい双眸《そうぼう》を据わらせた。「高校野球というのがどんなものかさえ知らないでしょうが」

セバスチャンは皮肉のキャッチボールには無関心だった。

「私は二年で野球部を甲子園に連れてゆきます。何度も言わせないでください」三度《みたび》繰り返した宣言は、職員室を完全な沈黙に陥らせた。ファーという間の抜けたホルンの音がどこかから聞こえた。セバスチャンはいつの間にか、真顔だった。

「それでは行きますよ、シンノスケ。私たちの決意を侮辱する方々に、これ以上の説明は必要ないのです」

セバスチャンは若松先生の胸を乱暴に押し、「舐めないでください」と覚えたての日本語を吐き捨てて道をあけさせ、先に立って職員室を後にした。俺は駆け足でその後を追いかけた。

……甲子園？　ズブの素人の思いつきだとしてもあまりに突拍子もない。

グラウンドへ抜ける通用口の前で、俺はセバスチャンの肩を掴んで歩みを止めさせた。

その肩がプルプルと震えていた。反射的に手を放した。まさか、それほど激しい怒りをこらえていたのか。俺はその背から感じる威圧感に息を呑んでいたが、それでもおずおずと声を掛けた。

「セバスチャン！」

通用口のドアノブに手を掛けたセバスチャンは、その場に立ち止まっているが、まるで泣いているように身体を震わせるばかりで、振り返ろうとしない。

「あんた、本気で言ってんの？　自分で言ってたじゃないか、まともな監督が放り出した野球部だぞ。見捨てられた野球部だぞ。いまじゃ、練習だってまともにしてない。それに見ただろ、あのビデオ――」

セバスチャンは俺の声を振り切るように、ドアを開けた。

開いた通用口のドアの向こうから、薄暗い教務棟の廊下に強い西日が差し込んでいた。その光が、振り返ったセバスチャンを後光のように照らす。俺は生唾をひとつ呑んだ。

筋肉が緊張していた。重い足を踏み出して一歩近付き、セバスチャンの顔を正面から見つめた。セバスチャンはやはりプルプルと震えていた。

「お、おい。大丈夫か？」

その問いに呼応するように、セバスチャンは腹を抱えて笑い出した。

「バカですね、あの人。来年、私はこの高校にいませんよ。私は一年契約のフリーランスですよ。この学校とは相性がよくありませんから、とっとと辞めますよ」

堪えきれなくなったセバスチャンは、ハッハッハと勝ち誇った高笑いを上げながら、外に出ていった。呆気にとられる俺の頭に、セバスチャンの言動がフラッシュバックする。

セバスチャンは危うく失いかけた一年分の顧問手当てだけを、しっかり確保したのだ。確かに彼にとってクラブ活動は時間の無駄ではなかった。金になるのだから。

「さぁ、行きますよ、シンノスケ。私たちはいいチームなのです」

……最悪だ、こいつ。

レベル1　難関合格編〈完〉

偏差値70の野球部
レベル3　守備理論編

松尾清貴

天才女子高生・ヒカルさんの支配下に置かれた野球部は、守備練習をまったくしなくなった。真之介は守備の重要性を示そうと、リトルのチームに試合を申し込む。野球に向かう小さなエースのひたむきな思いが涙を誘う第３冊！